地獄《ジゴク》楽《ラク》

Jigoku Raku

うたかたの

原作　賀来ゆうじ

小説　菱川さかく

JUMP j BOOKS

地獄楽　**人物紹介**

画眉丸《がびまる》

“がらんの画眉丸”と畏れられていた
元石《いわ》隠《がく》れ衆の最強の忍。
死罪人として囚えられたが、
愛する妻の為に佐切と一緒に
仙薬を探すことに。

山田浅ェ門《やまだあさえもん》 佐切《さぎり》

“首切り浅”と呼ばれた斬首刑などの
処刑執行人を務める浪人・山田家の娘。
女性ながら剣技に優れているが、
殺すことの業に囚われ悩む。
試一刀流《ためしいっとうりゅう》十二位。

画眉丸《がびまる》の妻

石隠れ衆忍の長の娘にして
画眉丸の妻。
捕らえられた画眉丸の
帰りを待つ。

杠《ゆずりは》

傾主《けいしゅ》の杠の呼び名を持つくのいち。

桐馬《とうま》

山田家入門1か月で代行免許を得る天稟を持つ。

亜左弔兵衛《あざちょうべい》

”賊王“の呼び名持つ傑士。桐馬の実兄。

源嗣《げんじ》

山田浅ェ門・試一刀流八位。茂籠牧耶の監視役。

茂籠牧耶《もろまきや》

”ころび伴天連“の異名を持つ死刑囚。

仙汰《せんた》

山田浅ェ門・試一刀流五位。杠の監視役。博識。

ヌルガイ

山野《さんや》を生きる山の民《サンカ》。

典坐《てんざ》

山田浅ェ門・試一刀流十位。ヌルガイの監視役で実直。

士遠《しおん》

山田浅ェ門・試一刀流四位。あか絹の監視役で典坐の師。

あらすじ

時は江戸時代末期となる頃――――。かつて最強の忍として、畏れられた“画眉丸”は抜け忍として囚われていた。そんな中、打ち首執行人を務める“山田浅ェ門 佐切”から、極楽浄土と噂の地で「不老不死の仙薬」を手に入れれば無罪放免になれることを告げられる。

愛する妻の為にその条件を飲み、島に上陸したが同じく自由を求める死罪人たちや島に潜む謎の化物が立ち塞がる…!!
果たして画眉丸と佐切は無事に仙薬を見つけ、この地獄から抜け出せるのか――――!?

地獄楽

うたかたの夢

目次

序幕

探すは不老不死の仙薬《せんやく》。
見返りは無罪の御免状《ごめんじょう》。
神仙郷《しんせんきょう》――遥か南西海、琉球国《りゅうきゅうこく》の更に彼方にて発見された秘島に、十名の死罪人が送りこまれて半日。

この奇怪なる島にも、本土と同じように夜が訪れ、周囲は暗がりに包まれている。

来島者たちの心胆を寒からしめた、この世のものとも思えぬ化物どもの気配も今はなく、昼間の惨劇が嘘《うそ》のように、ひっそりとした静けさが辺りに満ちていた。

悪行の限りを尽くし、多くの死に触れてきた重罪人たちでさえ、この島の異様さには未知の畏れを抱かざるを得ない。それは彼らの監視役として島に上陸した、山田浅ェ門《やまだあさえもん》の面々にしても同様であった。

ここは悪鬼羅刹《あっきらせつ》の集う島。上陸から一日も経たないうちに、決して少なくない数の手練《てだ》れが早くもその命を散らした。

そんな極限の任務の中で訪れた、ほんのひと時の静寂と安息の夜。

暗闇の中でたゆたう彼らの思考は、自然と在りし日の思い出へと向かっていく。

森の中では、山田家当主の娘が一向に眠ろうとしない抜け忍に嘆息し、
繁《しげ》みの奥では、二人《ふたり》兄弟の弟が高いびきをかく兄の横顔を見つめ、
大木の空洞《うろ》では、かつて画家を志した男が、横たわるくの一の華奢《きやしや》な背中を眺め、
海沿いの砂浜では、熱き心の青年が寝入る山《サン》の民《カ》の少女の脇に腰を下ろしていた。

彼らは何を思うのか。
満天の星だけが、その営みを静かに見つめていた。

第一話

夫婦《めおと》の鉄則

「いい加減、寝てもらえませんか」

神仙郷《しんせんきょう》、上陸初日の夜。

海岸から幾分内陸に入った森の中で、艶《つや》やかな黒髪を後ろでまとめた白装束の女が言った。代々刀剣の試し斬りや処刑執行人を務めてきた山田家《やまだ》当主の娘であり、試一刀流《ためしいっとうりゅう》十二位、山田浅ヱ門佐切《あさえもんさぎり》である。

「だから、ワシは寝ないと言っただろう」

鉄炮袖《てっぽうそで》に裁着袴《たつつきばかま》という忍《しのび》装束をまとった白髪の男が淡々と答えた。佐切の監視相手である、最強と名高い忍集団――石隠れ衆《いわがくしゅう》の抜け忍、がらんの画眉丸《がびまる》だ。

「任務で四、五日睡眠を取らんことなど、ざらにある。少々眠らずとも大して困らん」

「私が困るのです」

佐切は溜め息をつきながら応じる。

「あなたが休んでくれないと、こちらが落ち着かないのです。あなたより先に休む訳にはいきませんから」

夜もかなり更けてきた。罪人の監視業務は、一時的に共闘体制にある同じ山田浅ェ門の仙汰《せんた》や源嗣《げんじ》と交代制にはなっているが、全員が多く休めるに越したことはない。幸い、今のところ島にはびこる奇怪な化物たちが行動を起こす気配はなさそうだ。

「まあ、そういうことなら仕方がない」

画眉丸は軽く息を吐くと、ゆっくり立ち上がった。

今宵の寝床にしている大木の空洞《うろ》に足を向けながら、抜け忍はこう続けた。

「心配せずとも任務を放棄して逃げたりはせんよ。ワシには目的があるからな」

佐切は後を追いながら、小さく言った。

「それは、わかっていますよ」

彼の目的は不老不死の仙薬《せんやく》『非時香実《トキジクノカグノミ》』を持ち帰り、無罪放免の公儀御免状《こうぎごめんじょう》を勝ち取ること。

それはひとえに愛する者――妻との再会のため。

画眉丸という男が重罪人であることに変わりはなく、いまだに何を考えているかわかりにくいところはある。しかし、この任務に懸ける『想い』だけは本物であると、佐切は感じていた。

刑場で画眉丸と出会ってから、神仙郷に来るまでの道のりが脳裏に蘇《よみがえ》る。

ああ、そう。あの時だって――


それはほんの十日程前のことだ。

「まだ日は出ている。今日中にもっと進むべきだ」

「仕方がないでしょう。状況が状況なのですから」

夕刻。往来を行きながら、佐切は隣でぼやく画眉丸に言った。

死罪人の画眉丸を刑場より引き取り、東海道《とうかいどう》を北上している時のことだった。数日前の大雨により道中の川が激しく増水し、渡し舟が運航を停止していたのだ。

佐切はやむなく手前の宿場町で宿を取ることにした。

「水蜘蛛《みずぐも》を使えば、あの程度の川、楽に渡れるぞ」

「そんなのはあなただけです」

荒れた濁流を思い出しながら、佐切は答える。

「では、ワシだけ先に江戸《えど》に行こう。おヌシは後でゆっくりくればいい」

「そんなことができるわけがないでしょう」

二人《ふたり》の目的地は江戸。

神仙郷に向かう前に、まず全国より集められた罪人を将軍の御前へと連れ出し、今回の任務についての説明を受けることになっていた。

画眉丸は溜め息をつき、手《て》縄《なわ》をつけられた両腕を佐切の前に掲げてみせる。

「だったら、せめてこれを外してもいいか。邪魔くさくてかなわん」

「却下します」

佐切はぴしゃりと言った。

「さきほどから我《わ》が儘《まま》が過ぎますよ、画眉丸。あなたは自分の足で歩けるだけで、大いに感謝すべきです」

本来、罪人の護送には、唐丸籠《とうまるかご》という網をかけた竹籠が用いられる。罪人は手縄で縛られ、足枷《あしかせ》をつけられ、猿轡《さるぐつわ》まで噛《か》まされた状態で中に放りこまれ、用便は底の落し蓋から垂れ流すといった扱いを受ける。

今回それが使われていないのには理由があった。

山田浅ェ門の任務は、仙薬探しに適した罪人を選別し、江戸に連れて行くだけではない。その後、罪人の監視役として未知の奇島——神仙郷にともに出向かなければならないのだ。島では勿論《もちろん》罪人を唐丸籠に投げこむ訳にはいかず、手縄のみで自由に動き回る罪人の監視をたった一人《ひとり》で行うことになるため、それと同じ条件下で、罪人を確実に江戸まで連れてこられるかを試されているのだ。

他の山田浅ェ門も同様かはわからないが、少なくとも佐切には幕府からそのような指示があったと父から聞かされた。それだけ信用を得られていないのかと思うと、胸の奥に鈍い痛みを覚えるが、だからこそ余計に失敗する訳にはいかない。

「手縄にしたって、街道を行くにあたって、目立たぬよう上から布を巻いているのです。それで満足しなさい」

「融通が利かんな。おヌシは」

「当たり前です」

佐切は画眉丸をじろりと睨《にら》んで、腰の刀の柄《つか》におもむろに手をやった。

「自分の立場を忘れていませんか。あなたは罪人なのですよ」

「別に任務を放棄して逃げ出したりはせんよ」

「そう願いたいものですね」

この男には生きる意志があり、腕前からしても任務に申し分ない人材だと思われる。

だが、重罪人であることは間違いない。

処刑執行人をやっていると、必然的に多くの罪人と接触することになる。

泣いて喚《わめ》く者。運命を静かに受け入れる者。その死《し》に際《ぎわ》は様々だが、中には最後の最後まで処刑人をも脅したり、あるいは甘言を囁《ささや》いて逃げ出す隙を窺《うかが》い続ける者もいる。うっかり信を置くのは危険だと、これまでの経験が佐切に警告していた。

「焦らずとも、日数に余裕はあります。一日くらい足止めされたところで問題ありません」

「…………」

画眉丸は無言で肩をすくめた。

「しかし……なんというか活気のない宿場ですね」

佐切は周囲を見渡しながら言った。

他の宿場町と同様、左右に茶屋や商店が軒《のき》を連ねているが、人通りもやけに少なく、どんよりした雰囲気が漂っている。まだ夕方前だというのに、既に門を閉じている店すらある始末だ。

「どこか空いている旅籠《はたご》を探しましょう」

「別にワシは野宿で構わん」

「私が構うのです」

神仙郷での任務が控えていることを考慮すると、こんなところで無駄な体力を消耗すべきではない。素泊まりで安価な木賃宿《きちんやど》を選んでも良いが、できれば食事が摂《と》れる旅籠で休息を取りたい。通りを進むと、町外れに宿の看板を出している建物があった。

意気揚々と向かう佐切だが、その足がぴたりと止まる。

近づいてみると、その旅籠は営業しているのか不安に思うほど、みすぼらしい佇《たたず》まいをしていた。屋根瓦の一部は削げ落ち、外壁もあちこちが破損している。

「……ここはさすがにやめておきましょうか」

「待て」

引き返そうとする佐切を、画眉丸が呼び止めた。

「なんですか。まさかこの旅籠に泊まりたいとでも」

「いや、何か揉《も》めてるようだ」

「え?」

旅籠を振り返ると、ゴスンと鈍い音がして、入り口から男が一人転がり出てきた。つぎはぎだらけの着物を着た若い男で、顔には大きな青痣《あおあざ》がある。

倒れたまま呻《うめ》いているその男を囲むように、中からぞろぞろと数人の男たちが出てきた。一様に人相が悪く、下卑た笑みを口元に浮かべている。うち一人が、伏した男を見下ろしながら言った。

「なぁ、平吉《へいきち》。借りたもんは返す。これは常識だよなぁ。返せねえってんなら殴られても仕方がねえよなぁ」

「で、ですから、もう少しお待ちくださ……うぐぅっ！」

平吉と呼ばれた男が、頬《ほお》の痣を押さえながら身を起こしたが、すぐに腹を思い切り蹴られて蹲《うずくま》った。

「平吉っ！」

甲高い声とともに、旅籠から一人の女が飛び出してきた。

古びた着物をまとってはいるが、美しい顔立ちをした女だ。

女は腹を押さえて蹲る男の脇に膝《ひざ》をつき、ゴロツキたちを睨んだ。

「なんでこんなことするんだ。お金は必ず返すって言っているじゃないかっ」

「相変わらず威勢がいいじゃねえか、おりょう」

先頭に立つ男が、おりょうと呼んだ女を、じろじろと舐《な》め回すように眺める。

「お前がさっさと首を縦に振れば、全部解決するんだぜ。ありがたい温情だと思わねえか」

「そっ、それだけはおやめください。必ず働いて返しますか……あぐぅぁっ！」

平吉という男が女の前に立ちはだかろうとしたが、すぐに顎《あご》を蹴り上げられて地面に大の字に転がった。

「あんたっ」

「くははは。なあ、おりょう。平吉みたいな青瓢簞《あおびょうたん》はさっさと捨てちまえよ。なんだったら俺の女にしてやってもいいんだぜ」

「ふざけんなっ。誰があんたみたいなガマ顔男なんかとっ」

「ああっ？」

男がすごんで腕まくりをしたところに、佐切が割って入った。

「ちょっと待ってください。一体なんの騒ぎですか」

すると、いきり立ったガマ顔の男が怒声を浴びせてきた。

「あん、なんだお前らは？　関係ねえ奴《やつ》は引っこんでろ」

「まあ、確かに無関係ではありますが……」

つい飛びこんでしまったが、事情も知らない第三者であることは間違いない。

対応を決めかねていると、取り巻きの一人がにやにやと笑って近づいてきた。

「おいおい、女だてらに侍の真似事《まねごと》か。俺が可愛《かわい》がってやろうか、ひひ」

ぴく、と佐切の額《ひたい》に青筋が浮かび、手が反射的に刀に伸びる。

その時、おりょうと呼ばれた女がふいに佐切を見て声を上げた。

「お客様……！」

「え？」

「お客様ですよねっ。当旅籠にお泊まりで」

「え、いや、私たちは……」

「これはこれは、ようこそ『めおと屋』へ。いやぁ、遠路はるばるよくお越しくださいました。うちを選んで頂くなんて、お目が高い。さあさあ、どうぞ中へ」

渾身《こんしん》の営業用の笑顔を浮かべて、おりょうが近寄ってくる。

助けを求めるように画眉丸に目をやると、溜め息混じりに、知らんぞと返された。

「ええ……あの……まあ、お願いします」

勢いに押されて渋々答えると、おりょうは勝ち誇った顔で男どもに言った。

「ほら、商売の時間だ。邪魔するんじゃないよ。働かないと、返せるもんも返せなくなるからね。困るのはあんたらだろう」

「……ちっ」

睨みをきかせて、ゴロツキたちが立ち去っていく。

「さあ、どうぞどうぞ。お部屋は二階になります」

その後、おりょうと平吉に案内され、佐切と画眉丸の二人は、旅籠『めおと屋』に足を踏み入れた。

外観はひどく傷んでいたが、中に入ると内装も調度品も綺麗《きれい》に整えられていて、存外に気分は悪くない。きゅっきゅっと小気味よく音を立てる廊下は、天井が映りこむほど丁寧に磨かれていた。

「お客様、さっきは強引な真似をして申し訳ありません。おかげ様で助かりました」

二階の八畳間に通された後、おりょうが深々と頭を下げてきた。

「ほら、あんたも御礼を言わないか」

「あ、ありがとうございましたっ」

おりょうに後頭部を押さえられ、ぼろ雑巾のような姿になった平吉も慌てて首《こうべ》を垂れる。

佐切は青い畳に荷を下ろしながら答えた。

「いえ、どうせどこかで宿は取ろうと思っていましたから」

「おヌシ、引き返そうとしていたが……」

「余計なことは言わなくていいのです」

後ろの画眉丸をたしなめると、佐切はおりょうと平吉に向き直った。

「それにしても、一体どういうご事情が？」

「なに、ちょっとたちの悪いのに絡まれまして。こちらの事情ですから、お客様は気になさらないでください」

殊更明るい表情で言うおりょうに、佐切はそれ以上事情を尋ねるのは控え、代わりに別の質問をすることにした。

「その、お二人はご夫婦なのですか」

二人の様子と、『めおと屋』という旅籠の屋号からそう思ったのだが、案の定、おりょうと平吉は少し照れた様子で顔を見合わせた。

「はい。昨年、所帯を持ったんです。私はおりょうと言います。この細くて頼りないのが夫の平吉です」

「頼りないって、お前」

「事実だろ。まあ、口は下手だし、気も利かない男ですけど、一つだけ取り柄はあるんですよ」

不満げな平吉を小突いて、おりょうは言った。

「取り柄？」

「ええ、それは後のお楽しみに」

佐切が首を傾げると、きっぷの良い女主人は、にこりと華やかな笑みを浮かべた。

佐切と画眉丸が『めおと屋』に入ってから半刻後《はんとき》。

宿場町に程近い屋敷の一室では、二人の男が向かい合っていた。

松の茂った庭を障子の隙間から眺めながら、上質な羽織をまとった男が言った。

「ほう、まだと申すか」

「はい。なかなかにしぶとく、首を縦に振りませんで」

下座にいる初老の男が首を垂れると、羽織の男は扇子を手の中で弄びながら淡々と口を開いた。

「取り立てが甘いのではないか」

「かなり厳しく追いこんではいるのですが。しかし……」

初老の男は顔を上げ、上座の様子をちらりと窺った。

「ああいう下賤《げせん》な女を好まれるとは、少々意外と申しますか」

「わかっておらんな。だから良いのだ。武家の女は何かと厄介だが、ああいう女には何をしても構わんだろう。下賤で綺麗で生意気なほど楽しみ甲斐《がい》があるというもの」

先程まで無表情だった羽織姿の男が、口角をにぃと上げた。

「なるほど、さすがでございますな。そちらのほうもご壮健で何よりです」

下座の男がへりくだって提案する。

「しかし、それならばいっそ攫《さら》ってしまったほうが早いかとも存じますが」

「何を言っておる。このわしがそのような野蛮な真似をすると思うか」

「ですが……」

「女はあくまで自ら望んで我がもとに来るのだ。わしは何一つ強制などしておらん。わしはな。そうであろう？」

「はっ、その通りでございます」

上座の男はゆっくりと立ち上がって、背を向けた。

「だが、あまり時間がかかるようでは、そなたとの付き合いも考え直さねばならん。そうであろう、七松屋《しちまつや》」

「そ、それはお待ちくださいっ」

「わしに盾突《たてつ》いた者が、不幸にも事故や急な病でぽっくり逝ってしまうのは知っておるな」

「ご、後生でございますっ。あの男を私に差し向けることだけはっ……」

初老の男が平伏して懇願すると、振り返った羽織の男はその脇へとゆっくり近づき、酷薄な笑顔で肩を優しく叩《たた》いた。

「まあ、そう恐れるな。仕方がない。その男を貸してやる。次は期待しておるぞ。のう?」

「ははーっ!」

額を畳にこすりつける男を満足そうに見下ろした後、羽織の男は視線を上に向けた。

「そういう次第だ。後はよきにはからえ」

応えるように、天井板がカタと音を立てた。


日輪が西の地平へと沈もうとする頃、『めおと屋』では夕餉《ゆうげ》の時間が始まっていた。他に宿泊客もいないからと、給仕についてくれたおりょうと平吉の前で、佐切と画眉丸は素直な感想を口にした。

「……うまい」

「美味《おい》しい……!」

玄米、味噌汁、香の物。平椀《ひらわん》に揚げ豆腐、皿には味噌《みそ》を添えた焼きかれいが盛ってある。

見た目は一般的な一汁三菜だが、丁寧で繊細な味付けがなされており、嚙むごとに旨味《うまみ》が

染み出してくる。

「でしょう?　料理は平吉の唯一の取り柄なんです」

「へへ、安い食材でも、どうやったら美味《うま》くなるのか考えるのが楽しいんです」

おりょうが言うと、平吉は青痣が残る頬を、得意げにぽりぽりと掻《か》いた。

ひょろりと痩せてはいるが、昔から料理が大好きで、野草や魚を取っては色々と工夫を凝らしてきたそうだ。料亭での修行経験もあるらしく、特に独自の製法で編み出されたであろう味噌や醤油《しょうゆ》は、具材の味を引き立て、絶妙な味わいを提供してくれる。

「調子に乗るんじゃないよ、平吉。こんなみっともない顔でお客様の前にのこのこ出てくるなんて、鉄則を忘れたんじゃないだろうね」

「わ、わかっちゃいるけど、次に活《い》かすために直《じか》に感想を聞いておきたいんだ。より良い料理を出すためなら、鉄則は破っていないだろ」

「まあ、そうだけどさ」

夫婦が小さな言い合いを始める。

「失礼ですが、鉄則というのは?」

佐切が尋ねると、おりょうが恥ずかしそうに顔の前で手を振った。

「旅籠をやると決めた時、夫婦で守るべき鉄則を決めたんです。お客様にご迷惑をかけない。料理は真心を込めて。部屋はいつも綺麗に。お客様に気持ちよく過ごしてもらうための決めごとで、そんな大層なものじゃないんですよ」

「いえ、その仕事ぶり、頭が下がります」

佐切は心からの言葉を口にした。

どのような職業であっても、それと真摯に向き合っている姿は尊いものだ。首斬り人という世間に蔑まれる役目にある身だからこそ、余計にそう感じるのかもしれない。

「嫌ですよぉ。そんなにかしこまって」

おりょうは答えて、佐切と画眉丸をじっと見つめた。

「ところで、お二人もご夫婦ですよね」

佐切は口に運んでいた汁物を、ぶはっと吐き出した。

「そ、そんな訳ないでしょう。だ、誰が、ど、どうしてこんな……」

「それはワシの台詞《せりふ》だ」

隣では画眉丸が、冷ややかな目で応じる。

「ワシには妻がいる。迷惑な勘違いだ」

「妻がいる……？　では、お二人は道ならぬ恋の逃避行という訳ですかっ？」

今度は画眉丸が、ぶっと玄米を噴き出す。

「女将《おかみ》。おヌシはさっきから何を……」

「ふふふ、私はお二人を見た瞬間に、ただならぬ関係だとぴーんときていましたよ」

「ち、ちち、ちがっ、違いますから」

目を輝かせて迫ってくるおりょうに、佐切はタジタジになりながら答えた。

処刑人と死罪人。ある意味ただならぬ関係ではあるが。

女主人はなおも興味津々にすり寄ってくる。

「隠さずとも大丈夫ですよ。私だってねぇ、もっといい男がいりゃあ、こんな頼りない旦那置いてどこか行っちまうかもしれないし」

「お、おい。おりょう」

平吉が一瞬焦った様子で妻に呼びかけた後、ごほんと咳払いをした。

「お、お客様の事情に、立ち入らないのも鉄則だぞ」

「あ、そうか、そうだったね。これは失礼しました。黒装束の御仁が手縄をつけている理由も気になりますが、聞かないことにします」

「え？」

言われて見ると、画眉丸は手首を覆っていた布をいつの間にか外していた。

おかげで手縄が思い切り露出している。

「画眉丸、布は？」

「やむを得んだろ。そんなものを被せていると食べにくくてしょうがない」

おりょうと平吉の視線が手縄にじいっと注がれているのを見て、佐切は少し慌てて言った。

「あの、これには深い事情がありまして――」

「わかっております。きっとこの縄は、お二人の契《ちぎ》りを表しているのですね」

納得顔で頷くおりょうは、相変わらず何かを勘違いしているようだが、今回に関しては助かったと考えるべきだろう。

重罪人を護送していると知ったら、無用な動揺を与えかねない。

「まあ、そ、そんなところです」

佐切は曖昧に笑って、箸を口に運んだ。


夕食の時間が終わり、日もとっぷりと暮れた頃――

佐切は部屋の前で、呆然《ぼうぜん》と佇んでいた。

「あの……どうして布団がこんなに寄っているんです」

就寝の準備をすると言われて、一度部屋を出たのだが、戻ってくると二つの布団がぴったりとくっついて敷かれていたのだ。

「みなまで言わずとも大丈夫ですよぉ。どうぞ心置きなくお楽しみを」

おりょうは、うふふふ、と含み笑いをしながら階段を下っていった。

「…………」

「…………」

佐切と画眉丸は無言で顔を見合わせる。

そして、申し合わせたように、布団をそれぞれ部屋の隅にずるずると引っ張っていった。

佐切が道場にいた頃は、兄弟子たちと雑魚寝《ざこね》をすることもあったたし、男と同じ空間で休むことはそれほど気にならない。監視役である以上、どうせ画眉丸から離れる訳にはいかないのだが、ここまで寄り添って布団を並べられると、さすがに抵抗を覚える。

「大変良い女将さんですけど、どうにも思いこみが強い傾向にあるようですね……。後でしっかり訂正しておかねば」

溜め息混じりに言うと、画眉丸は何も答えず、窓際であぐらをかいたまま、ぼうっと外を眺めていた。

ひどく静かな夜だ。

空に浮かぶ白い上弦の月が、寂れた宿場町を淡い光で照らしている。

「履き物は脱いで上がる」

「なんです？」

「一日一度は神仏に手を合わせる」

「……？」

「いただきますと言う」

画眉丸が突然ぼそぼそと話し出し、佐切は首をひねった。

「急に何を言い出すのです、画眉丸」

「夫婦の鉄則だ」

画眉丸は外を向いたまま答えた。

「客に迷惑をかけない。料理は真心を込めて。部屋はいつも綺麗に。ここの夫婦はそう言っていたな。それでうちの鉄則を幾つか思い出した。まあ、全て妻が言い出したことだが」

「履き物は脱いで上がる。一日一度は神仏に手を合わせる。いただきますと言う。……随分と当たり前のことばかりですね」

「ああ。どんな時も普通を守る。人として、夫婦になれるように——妻はそう言った」

「…………」

「余計なことを話した」

「いえ……」

室内に再び静寂が訪れる。どこかで、わぉんと犬の遠吠えが鳴った。

——夫婦か……。

布団に正座する佐切は、かすかに揺らめく行灯《あんどん》の明かりを見つめながら、将来に思いを馳《は》せた。

現山田家当主、山田浅ェ門吉次《きちじ》の娘として、自分には山田家次期当主の妻になるという役割がある。そして、このたびの仙薬探しの任務の結果で、次期当主——つまり未来の夫が決まるという噂《うわさ》もあるのだ。

——私は一体どんな夫婦になるのだろう……。

佐切は、任務に同行予定の山田浅ェ門たちを思い浮かべてみた。

——衛善《えいぜん》殿。

試一刀流一位。現時点では最も次期当主に近い。面倒見も良く、頼り甲斐も十分にあるが、ずっと師のように思って接してきたため、夫として見れるのか不安がある。

——期聖《きしよう》殿。

比較的気安く接することができる相手だが、自由な物言いや振舞いをすることも多く、夫というよりは、年上のやんちゃな兄という印象だ。

——士遠《しおん》殿。

格好良いし、腕も立つ。街娘にも密かに人気があるが、本人はまったく気づいておらず、そこは鈍感というか、剣の道に一途《いちず》すぎて、彼自身が妻を娶《めと》ることに興味がない気がする。

――典坐《てんざ》殿。

道場に来た頃は小憎らしい悪ガキだったが、すっかり好青年になった。ただ、熱すぎるというか、猪突猛進《ちょとつもうしん》というか、どうしても可愛い弟分という感じがしてしまう。

――仙汰殿。

できればもう少し痩せて欲しいと思うが、博識で、腰が低く、良い旦那になりそうではある。だが、次期当主への願望が実は強くないのではないかと感じている。

――源嗣殿。

筋肉と体力。

――付知《ふち》殿。

解剖大好き。

――十禾《じっか》殿。

論外（夫として）。

「…………」

――え、あれ？

佐切は思わず頭を抱えた。

おかしいぞ。今回の同行者に、一人も適任がいない。

お役目柄、少々癖のある人材が集まりやすいのはわかるが、改めて考えてみると、私の周りはどうしてこうも変わった男ばかりなのだ。額を押さえたまま、窓際であぐらをかいた抜け忍に視線を移すと、画眉丸は首だけを佐切に向けた。

「なんだ？」

「なんでもありません」

ここにも変わった男が一人。

佐切はふぅと息を吐いて、姿勢を正した。今は余計なことを考えている暇はない。何はともあれ、罪人を江戸に送り届けるという仕事を確実にまっとうしなければ。

「画眉丸。明日は早朝に発《た》ちましょう。そろそろ休んでください」

「ワシのことは気にするな」

「気にするな？」

「眠らずとも体を休める方法は色々ある。こうして体の力を抜いて、呼吸を落ち着けるだけでも疲れは取れる。おヌシこそ寝たらどうだ」

「そうはいきません。目付役人としてあなたより先に休む訳にはいきません」

「頭が固いな」

「お役目ですから」

「任務を放棄したりはせんと言っただろう」

「そう願っていますが、罪人の言葉を素直に信じる処刑人はおりませんよ」

画眉丸は、目を細めて佐切に言った。

「どうせ他人の前で熟睡などできはせん」

「……っ」

「物心ついた頃から、いつ寝首をかかれるかわからん環境にいた。親は里の長《おさ》に殺されたくらいだ。同じ里の者ですら完全には信用できん。いわんや他人をや」

「画眉丸……」

なんと言えばいいのかわからなかった。

山田浅ェ門として、真摯に剣に向き合ってきたし、身を削るような厳しい鍛錬を積んできたという自負が佐切にはある。それでも体を苛《いじ》め抜いた後は、泥のように布団で眠ることができた。

眠る時すら気を許せぬ環境。

最強の忍集団と名高い、石隠れ衆の過酷さは想像を絶するもののようだ。

「ワシが何も考えずに眠れたのは――」

画眉丸はそこまで言って口を閉じた。流れた断雲が月にかかり、薄闇がそっと町を覆う。

佐切は膝に置いた両手に、ぐっと力を込めた。

「しかし、それでも――」

口を開きかけた時、画眉丸がふいに顔を上げ、佐切は反射的に身構えた。

「なんですか？」

「客が来たようだ」

「え？」

直後、階下でガタンッと何かが壊れたような大きな音が連続して鳴った。

続いて、荒々しい怒号と悲鳴が響き渡る。

「一体何が？」

思わず腰を浮かせると、階下からおりょうの必死の呼びかけが耳に届いた。

「お客様！　一階には決して降りて来ないでくださいっ！」

「…………」

佐切はそのままの姿勢で、画眉丸と目を合わせる。

「おそらく昼間の男たちだ。足音が似ている。また絡みに来たのかもしれんな」

抜け忍の言葉に、佐切は脇に置いた刀を手に取った。

「大変です。すぐに行かないと」

「なぜだ」

「な、なぜって」

「女将は来るな、と言ったぞ」

「それは無関係な私たちを巻きこまないように——」

「そう、ワシには無関係だ」

「……！」

佐切は佇んだまま、画眉丸を見つめた。

「ワシの任務は仙薬を手に入れることであって、ゴロツキどもを追い返すことじゃない」

「それは、そうですが」

「勿論、下にいる男たちが二階までやってきて、行く手を阻むというなら容赦はせん。だが、そうでなければ出て行く道理がない。むしろ下手におヌシが出張って、怪我でもされたら旅程に影響が出る。本末転倒、迷惑千万だ」

「画眉丸……」

佐切は立ちすくんだまま、刀をぐっと握った。

その頃——既に宿の一階は惨憺《さんたん》たる状況になっていた。

襖《ふすま》は十字に切り裂かれ、畳は無造作に引き剝がされ、柱や床板には幾筋もの刀傷が爪痕のように残されている。

「やめてくださいっ、やめてくださいっ」

「なんてことするんだっ。上にお客様がいるんだよっ」

土下座する平吉と、声を張り上げるおりょうの周りを、刀やドスを手にした昼間のゴロツキたちが取り囲んでいた。おりょうは少しも怯《ひる》まず男たちを睨みつける。

「営業妨害も甚だしいよっ。こんな真似されたら、ますます金なんか作れやしない」

「そう思って、これまでは外壁をちょいと壊すくらいにしてやってたんだがなぁ」

ガマ顔の男が、刀の鞘《さや》で自身の肩をぽんぽんと叩いた。

「これでいいんですかい？　鬼鷗《きおう》先生」

「ああ」

男どもの後ろに、昼間には見なかった黒装束の人物が立っていた。

頭髪は側面が刈り上げられ、中央がとさかのように盛り上がっている。

片目の脇には入れ墨が彫りこまれ、奥には鋭く病的な眼光が覗いていた。

その独特な風体に漂う危険な香りは、明らかに他の者と一線を画している。

「貴様らは、脅しのやり方がわかっていない」

鬼鴎と呼ばれた男は低い声で、ゴロツキたちに言った。ヤクザ者たちが気圧《けお》されるように道を開け、黒装束の男がゆっくりと進み出てくる。味噌や醤油等の調味料が入った桶が所狭しと並んだ土間を眺め、鬼鴎は感心したように顎に手を当てた。

「なかなか立派なものだ。ここは料理自慢の旅籠のようだな」

「え、ああ。その通りで――」

おりょうが答えようとした瞬間、一陣の突風が吹き荒れ、調味料の入った桶《おけ》が根こそぎ宙を舞った。

「うわああああっ！」

平吉がその光景に叫び声を上げる。

男が一歩進むごとに、丹精込めてこしらえた土竈《どがま》には亀裂が入り、鍋や釜は金属音を響かせて吹き飛び、磨かれた陶器の茶碗は砕け散った。

「そんな……そんなっ」

平吉が悲壮な叫び声を上げ、無残にぶちまけられた残骸を両手ですくいあげようとする。

黒装束の男は無表情のまま、ゴロツキたちを振り返った。

「わかったか。体を少々痛めつける行為を脅しとは言わん。相手の大事なものを潰すのだよ。徹底的にな」

「へ、へぇ」

心臓に直接冷気を吹きかけるような昏《くら》い瞳に、男たちは青ざめた顔で頷《うなず》いた。

「あんたぁっ！」

おりょうが駆け出し、鬼鷗の襟元を摑《つか》み上げた。

「なんてことをっ。これを元に戻すだけで、どれだけの手間と費用がかかるか、わかってるのかいっ！」

「だったら、また金を借りればいい」

「なん、だって？」

男は冷徹な瞳で、おりょうを見下ろした。

「こいつらの親分がまた用立ててくれるさ。言ってみろ、幾ら必要だ？　当然十倍にして返してもらうがな」

「こ、この人でなしっ！」

パン、と甲高い音がして、おりょうの平手打ちが男に決まった。

しかし、鬼鷗は少しも表情を変えず、はたかれた自身の頰を長い舌でべろりと舐めた。

「ああ、痛いなぁ。これは治療が必要だ。追加して百両払ってもらおうか」

「うああああ、ああああああっ！」

掴みかかろうとしたおりょうの腕を、鬼鷗は掴んでひねり上げた。

「ああうっ」

「おりょうっ！」

駆け寄った平吉は、しかし、すぐにゴロツキたちに羽交《はが》い締めにされてしまう。

鬼鷗は腕を掴み上げたおりょうの耳に、触れるほど口を近づけた。

「なあ、女。それが嫌なら、わかっているな。お前が潔く自分の道を決めれば、もうこれ以上、悲しいことは起きないんだ。本当は田代《たしろ》様のもとに行きたいんだろう」

「だ、誰が……」

「そうか」

鬼鷗は白けた表情で背筋を伸ばすと、腰に下げた刀を掴んだ。

ひゅんと風が唸ったかと思うと、平吉の手首に薄い線が入り、赤い鮮血が噴き出した。

「うぐぅあああああっ！」

「平吉っ！」

平吉の苦悶の声が響き渡り、おりょうは顔面蒼白で夫の名を呼ぶ。

平吉を押さえつけている男たちが、ごくりと喉《のど》を鳴らした。

「い、今斬ったのか？　まったく見えなかったぜ」

「忍法――かまいたち。疾風の刃《やいば》が全てを一瞬にして切り裂く。貴様らごときに見切れる剣ではない」

鬼鴎は右手の細身の刀をゆっくりと振り上げた。

「ああ、困った。つい腱《けん》を斬ってしまったかもしれんなぁ。腱を失えば二度と包丁を持つことはかなうまい」

「そ、そんな……」

おりょうの唇は震え、瞳に涙が滲《にじ》んでいる。鬼鴎は初めてその顔に笑みを浮かべた。色の薄い唇が醜く歪《ゆが》み、それはひどく嗜虐《しぎゃく》的な様相に見えた。

「もう一度やってみるか。今度は勢い余って手首ごと斬り落としてしまうかもなぁ」

おりょうの顔が更に蒼白になる。

「わ、わかったよ。わかったからもうっ……」

「お、おりょう、駄目だっ」

平吉が息も絶え絶えに止めるが、鬼鴎はそれを無視して女将に顔を近づけた。

「なんだ？　言ってみろ、聞いてやるぞ」

「わっ、私が行けばいいんだろ。私があの男の所に行けば……」

「おいおい、何を勘違いしているんだ。誰が行けと命令した？　お前は自らの意志で行くんだ。お願いします、ぜひ行かせてくださいだろう」

「お、お願いし……」

「ああん、聞こえんなぁ」

「お待ちください」

階段のほうから声がした。

そこには刀を携えた白装束の女――山田浅ェ門佐切が立っていた。

「誰だ、貴様は？」

鬼鷗が真顔《まがお》に戻って問うと、佐切は細眉を寄せて答えた。

「通りすがりの宿泊客です。さすがに少々狼藉《ろうぜき》が過ぎるのではないですか。うるさくて眠れやしません」

「そうか……。それは悪かったな」

鬼鷗は静かに言って、おりょうの腕を放し、掲げていた刀を下ろした。

次の瞬間。ガィンと刃同士が交錯し、激しく火花が散る。

「ほう……」

突然斬りかかった鬼鷗を、佐切の刀が受け止めたのだ。

鬼鷗は刃を翻し、鋭利な刃先をもう一度佐切に向かわせる。素早く繰り出された一撃を、佐切は再び受け流した。

風が舞い、閃光《せんこう》が瞬く。両者の白刃が煌《きら》めきながら幾重にも交錯する。

鬼鷗が眉の端をわずかに動かして言った。

「……貴様。ただの女ではないな。何者だ」

「あなたこそ何者ですか」

「石隠れ衆、という忍を知っているか？」

「え？」

佐切が驚いた様子で振り返る。階段の上のほうを見ているようだが、鬼鷗の位置からははっきり見通せなかった。

鬼鷗はやがて一歩後ろに下がり、刀をゆっくりと鞘に収めた。

「まあ、いい。今夜は興が削《そ》がれた。行くぞ」

「へ、へいっ」

ゴロツキたちがぞろぞろと後に従う。鬼鷗は醜悪な笑みで、入り口で一度振り返った。

「石隠れの牙は狙った者は逃さない。また来るぞ、女将。またな」

「…………」

平吉に寄り添うおりょうは、青ざめた顔で唇を噛んだ。

後には残骸の散らばった土間だけが残された。


「これでなんとか血は止まったと思います」

「あ、ありがとうございます」

男たちが去った後、佐切はひとまず平吉とおりょうを一階から、二階の部屋へと連れて行った。裂いた布で平吉の手首を強く縛ったが、その間、窓際の画眉丸は興味なさそうに、外を見ているだけだった。

平吉は恐る恐る指を曲げてみる。

「いつつ」

「当然まだ痛むでしょうが、動かせるということは、腱は無事でしょう。治癒すればまた包丁を持てるはずです」

付知に教えてもらった解剖学入門を思い出しながら言うと、平吉はかすかにほっとした様子を見せ、手の平をじっと眺めた。

「……お、お侍様は、強いんですね」

「いえ、まだ修行中の身です」

佐切が答えると、平吉は部屋の畳に、突然頭をこすりつけた。

「お客様。お、お願いしますっ。じっ、事情を聞いて頂けないでしょうか」

「ちょっと、ご主人。頭を上げてください」

しかし、平吉は平伏したまま、たどたどしく、しかし早口でまくしたてた。

「すっ、全ては旅籠をひらくためのお金を借りたところから始まったんです」

「…………」

一年と少し前、宿場町を盛り上げるという名目で、周辺の村々に一つの通達がいった。それは商店や旅籠などの開業を後押しする制度ができたというものであった。場所の確保から、必要な資金まで援助するという夢のようなお達しだったという。

以前から、いつか料理宿をやりたいと考えていた平吉とおりょうは、大喜びしてその制度に申し込んだ。祝言を挙げ、二人で『めおと屋』を開業し、夢への一歩を踏み出した。

「ほ、本当に嬉しかった。い、一生懸命働いてお客様に喜んでもらおうと……だけど、結局は騙《だま》されていたんです」

「…………」

佐切は、一階の惨状を思い出し、沈痛な思いで訴えを聞いた。

若い夫婦の夢の城は、今や見るも哀れな廃墟《はいきょ》のごときあばら屋へと変貌している。

資金は七松屋という金貸しからの貸し出しであったが、利子も格段に安く、少しずつ返せばいいと言われていた。ところが実際の証文には、小さな字で法外な利子が記載されていたのだ。読み書きが満足にできない村人たちをカモにした、悪質な詐欺だった。

それからというもの、少しでも返済が滞ると、毎日のように取り立てや嫌がらせが行われるようになった。他にも同様の被害を受けた商店も多く、いつしか宿場町自体が活気を失っていった。

「しかし、そのような真似が可能なのですか？　宿場町に勝手に店を営業させて金を取り立てるなど、この辺りを治める代官所が黙っていないと思うのですが」

「本来は、そうだと思います」

佐切が疑問を口にすると、ずっと放心したようになっていたおりょうが突然言った。

その話しぶりから、佐切はこの支援制度の背景に思い至る。

「まさか、元締めは代官だと……？」

おりょうがおもむろに頷いた。

「開業支援は一昨年に赴任した田代という代官の肝《きも》いり制度だったんです。お役人様のやることだからと私たちも信用して申し込んでしまって」

制度に申し込んできた者に対し、自身の息のかかった金貸しから資金援助させ、法外な借金を背負わせる。つまり、その田代という代官が、七松屋という金貸しと組んで、宿場町の利益を搾取している訳だ。

「それに、あ、あいつら、今度はおりょうに目をつけて……」

平吉が左手の握りこぶしを畳に叩きつけた。

新任の代官は無類の女好きでもあり、黒い噂が絶えないようだ。しかし、噂は噂であり、真相を掴んだ者はいない。高利貸しについても、金貸しが勝手にやったことだと言われてしまえばそれまでだ。

平吉が、畳に這《は》いつくばるようにして懇願してくる。

「お、お客様の腕を見込んで、お願いでございますっ。ど、どうか、この宿場町を助けて頂けないでしょうかっ」

「しかし……」

佐切は後ろの画眉丸に目をやった。

画眉丸がこちらを向いて何かを言いかけた時、バチンと平吉の頭が脇からはたかれた。

「おりょう？」

後頭部を押さえた平吉が目をしばたくと、おりょうは物凄《ものすご》い剣幕で怒鳴った。

「この大馬鹿っ。夫婦の鉄則を忘れたのかいっ。お客様に余計な負担をお願いするなんざ、商売人の風上にも置けないよっ」

「だ、だけど、お前だって事情を説明していただろ」

「そりゃ、ご迷惑をおかけしたからね。あいつらの標的はあたしたちで、お客様に害の及ぶ話じゃないとわかってもらうために話しただけさ。これ以上ふざけたことを言うなら、あんたとは離縁だよっ」

「わ、わかった。わ、悪かったよ」

平吉が慌ててなだめると、おりょうは膝を折って、深々とお辞儀をした。

「お客様。このたびは本当に色々とご迷惑をおかけして申し訳ございません。こちらのことはこちらで始末をつけますので、どうかお気になさらないでください」

顔を上げたおりょうは、いつもの華やかな笑顔に戻っていた。


二人が部屋から去った後、佐切は布団の上に正座をしながら一人呟《つぶや》いた。

「これで良かったのでしょうか？」

相変わらず窓際であぐらをかいたままの画眉丸は、壁に背を預けて言った。

「女将の言う通り、己のことは己で始末をつけるのが道理だ。階下がうるさくて気が休まらない、このままでは任務に支障が出るなどとおヌシが言い出すから、口出しはしなかったが、このような真似は今回限りにしてくれ。おヌシには果たすべき役割があるはずだ」

所詮この世は弱肉強食、と画眉丸は続けた。

「弱い者が強い者に食われるのは自然界の掟だ。弱いのが悪い。弱いから奪われる。強くなければ何も守れはせんのだ。大切なものも、何もかも……」

それはまるで自分自身に言い聞かせているようにも感じ、佐切はしばらく沈黙した。

やがて、思い出したように口を開く。

「そういえば、石隠れ衆と名乗る男が来ていました」

画眉丸のまとう空気が変わった。が、それもほんのわずかな間だった。

「……いずれにせよワシには関係ないことだ。おヌシが宿の主人を憐《あわ》れみ、手を貸したいと思うのは勝手だが、世の中には悲惨な境遇に置かれた人間などごまんといる。たまたま目に入った者だけを救うのは不公平ではないのか。それとも全てを助けてまわるのか」

「それは、そうですが……」

佐切は唇を引き結んだ。

「しかし、人には情というものがあります」

「情など不要だ。情など持てばそれ自体が冷静な判断を鈍らせ、自らを弱くする」

「それは、本音ですか」

「ああ。ワシはがらんの画眉丸。がらんどうの人殺し。そうなるように育てられた」

——それは、本当に今のあなたの本音ですか。

佐切はそう問おうとしたが、うまく言葉が出なかった。室内に衣擦《きぬず》れの音がほのかに響く。

わだかまる思いをはらんだまま、宿場町の夜が深まっていく。


それはまだ夜が明ける前のことだった。

「た、大変だ、大変だっ」

平吉の騒ぎ声で、佐切は暗闇の中、目を覚ました。

いや、ぼんやり意識はあったのだが、よりはっきりと覚醒したというべきか。結局、画眉丸は壁際に座ったままで、寝ているのか起きているのかもわからず、こちらもぐっすりと安眠する訳にはいかなかったのだ。

「画眉丸。起きていますか」

「ああ……」

隅の闇だまりから声が返ってくる。

「何か問題が起きたようですね」

「……ワシは知らんぞ。そんなことよりそろそろ川の増水もおさまっただろ。一刻も早く江戸に向かうべきだ」

「まだ真夜中ですよ。渡し舟は出ていません」

佐切は小さく溜め息をついて立ち上がった。

「どうしたのですか、ご主人」

バタバタと二階に駆け上がってきた平吉に尋ねると、青ざめた顔で返された。

「か、厠《かわや》に行こうと目を覚ましたら、お、おりょうが、いないんです」

「本当ですか？」

驚いた佐切は、提灯《ちょうちん》を手にした平吉とともに、旅籠内を探して回った。しかし、客間のある二階は勿論、一階にもその姿を見つけることはできなかった。

平吉の顔からはすっかり血の気が失われている。

「ま、まさかおりょうは……」

さきほど襲撃に来た男たちに攫われた？

いや、何者かが押し入ってきたなら、さすがに気づいたはずだ。だとしたら、おりょうは裏口などから一人ひっそりと出て行った可能性が高い。

――こちらのことはこちらで始末をつけますので。

先ほどの女将の言葉が、佐切の頭を巡り、一つの行き先が浮かび上がる。

「代官屋敷――」

佐切は反射的に宿の出口に向かった。

石隠れ衆と名乗った黒ずくめの男は、おそらく代官の雇われ人だ。ここは小さな宿場町、男が立ち去った方角に走れば、代官屋敷はすぐに見つかるはず。

しかし、その背中に平吉の声が投げかけられた。

「あ、お、お待ちください！」

「どうしたのですか？」

振り返ると、平吉は自身を落ち着かせるように大きく深呼吸をして言った。

「す、すいません。お、お客様は気にしないでください」

「……！」

「そ、それより大騒ぎをして、すいません。じ、自分たちの問題で、お客様にご迷惑はおかけしない。それが、おりょうとの間で決めた夫婦の鉄則ですから。ま、まだ夜更けですし、お客様はどうぞおやすみください」

「平吉殿……」

穏やかな口調とは裏腹に、平吉は血が滲むほど強く唇を噛みしめていた。放っておけば、たった一人で代官屋敷に突入しかねない。

「………」

佐切はひとまず冷静になることにした。慌てて飛び出すところだったが、どうせ監視相手を残して行く訳にはいかないのだ。二階に戻り、一旦画眉丸と話をすることにした。

が――

「しまった……」

佐切は愕然《がくぜん》と呟く。

部屋はもぬけの空《から》になっていた。

薄闇にどう目を凝らしても、画眉丸の姿はそこにない。

――逃げられた……!?

任務の前に死罪人を取り逃がしたとあれば、切腹ものの大失態である。

しかし、それ以上に、失態の結果として父から向けられるであろう視線のほうが、佐切の胸を抉《えぐ》った。刑場からここまで大人しくしていたのは、佐切を油断させるためだったたのか。おりょうが行方不明と聞いて、画眉丸から意識が離れた一瞬の隙を突かれてしまった。

画眉丸は江戸に早く行きたがっていた。水蜘蛛があれば一人で川を渡れるとも。

いや、そもそも石隠れ衆の名前を出してしまったのが間違いだった。晩にやってきた黒装束の男の目的は画眉丸ではないだろうが、抜けた里の者が間近に迫っていることを知ればー刻も早くここを離れたいと思うはずだ。

「私は、なんということを」

——情など不要だ。

昨夜の画眉丸の言葉が頭の中にこだまする。

「ど、どうかされましたか？」

追いついてきた平吉が、心配そうに声をかけてきた。

「い、いいえ、こちらも連れがいなくなってしまって……」

がらんとなった部屋を提灯で照らし、二人は呆然と立ちすくんだ。

「ほ、本当だ。旦那様が消えている」

「ですから、私たちは夫婦ではないとあれほど——」

そこで佐切は口を閉じた。

自身の発した、夫婦という単語が耳の中で反響する。

しばらく同じ姿勢で虚空を見つめ、目まぐるしく頭を回転させる。

「お、お客様？」

不安げに覗きこんでくる平吉に、佐切は向き直った。

「ご主人、一つ教えて頂きたいのですが」

「な、なんでしょう。お、おりょうのことなら、お客様は気にしないでくださいと」

「いえ、こちらとしても緊急事態なのです」

佐切はずいと平吉に詰め寄る。

「金貸しの家の場所を教えてください」


——


その頃。代官屋敷の離れでは、白絹の寝間着姿の男が目を細めて、満足そうに頷いていた。

「ほう、そちはおりょうと言ったか。こんな夜半にわしに用とは、よほどのことと見える」

行灯の明かりに、脂《あぶら》ぎった顔を晒《さら》した男の前には、かんざしをつけたおりょうの姿があった。頭を下げたおりょうは、両手を畳についたまま、たおやかな声で言った。

「はい、このような時間に大変失礼致しました。どうしても田代様——御代官様にお会いしたくなりまして」

「ほう」

ぐっと顔を近づけてきた代官が、耳元で囁いた。

「念のために確認するが、そちは自らの意志でここに来た訳じゃな」

「はい、勿論でございます」

男の口角がにぃと吊り上がる。

「本来、このような時間の訪問は不届き千万、無礼討ちにしてしかるべきだが、わしは寛容ゆえ、市井《しせい》の者の訴えを無下にはせん。そのために門番にも来訪者をすぐに追い返さないよう言い含めておる」

「お心遣い、痛み入ります」

「この離れなら、心ゆくまで静かに語れるであろう。さあ、もっと近う寄れ」

好色な笑みを湛《たた》えた代官が、肩に手をかけ、そばへと引き寄せる。

おりょうは甘い声で応じた。

「私、本当に御代官様にお会いしたかったんですよ」

「そうかそうか」

代官の手が、ゆっくりとおりょうの懐に入りこもうとする。

おりょうはその手に、自身の手を重ねた。

「もう、気が早いのですね」

「待てない性分でな」

「恥ずかしいので、着物は自分で脱いでも？」

「くく、あまり焦《じ》らすでないぞ」

「御代官様。私がどうしてここに来たのか聞かないのですか？」

「なんだ？　なんでも聞いてやるぞ」

猫なで声の代官に微笑《ほほえ》みかけ、おりょうは自身の懐に手を入れた。

「あんたに……思い知らせてやるためだよ！」

中から素早く取り出したのは、鈍く光る匕首《あいくち》だった。おりょうはその鋭利な切っ先を代官の胸に向けて振り下ろす。

刃は咄嗟《とっさ》に身をひねった代官の腕をかすめ、赤い筋を残した。

「なっ、ひ、ひいっ」

「よけるなっ。この助平ジジイ」

立ち上がったおりょうは、匕首の先端を代官に向けた。

「その下衆《げす》顔《がお》を見て確信したよっ。やっぱりあんたが元締めだってな。私はどうなったたっていい。だけど、平吉の腕を奪おうってんなら、絶対に許さないよっ。あいつの料理の腕は天下一品なんだっ。食べた人間がみんな、笑顔になるんだっ。そんな料理が作れるのはあいつだけなんだよっ」

「お、落ち着け、な?」

腰を抜かしたまま、ずるずると後ろに下がっていく代官に、おりょうは刃物を向けたまま掛け声とともに突進した。

「うあああああっ」

だが——天井板がカタ、と音を立てたかと思うと、次の瞬間には、おりょうの身は畳の上に仰向けに叩きつけられていた。

「……え?」

混乱した瞳に映っているのは、片目の脇に入れ墨を施した残忍な顔の男だった。

その手には、おりょうの匕首が握られている。

「威勢がいいのは結構だが、行儀が悪いのは頂けんなぁ」

「で、でで、でかしたぞ、鬼鴎っ」

代官は突然生気を取り戻したように飛び起きると、おりょうの襟元を掴み上げ、その頬に平手打ちをかました。

「あぐっ！」

今度はうつ伏せに転がったおりょうの髪を、代官は摑み上げる。

「私はどうなってもいいと言っておったな。よう言った。ひひひ」

男は目を血走らせて、鼻息を荒く吐き出した。

「下賤な女風情《ふぜい》が、代官たるわしに刃を向けるとは、万死に値するわっ！　さあ、どう嬲《なぶ》ってくれよう。いひひひひひっ」

「この、下衆、野郎っ」

「何を言う。わしは優しいぞ。お前を嬲り殺した後は、旦那もすぐに後を追わせてやる」

おりょうの顔が、はっきりと歪んだ。

「そ、それだけはっ」

「懇願されると、更にやりたくなるのう。ひひひ、まこと人とは業深き生き物よ。さあ、まずはその邪魔な衣《ころも》を剝ぎ取ろうではないか」

代官がおりょうの帯に手をかけると、脇に控えた鬼鷗が、何かに気づいたように眉をひそめた。

「田代様。お待ちを」

「邪魔をするな」

「妙な匂いがします」

「ああっ？」

うっすらした刺激臭が鼻孔をついた。

代官が眉根を寄せて、鼻をくんくんとひくつかせる。

「これは……煙？」

今度は離れの外で、ぱちぱちと火の爆《は》ぜる音が響き始めた。障子の奥が淡く光っている。

「な、なんだっ？　か、火事っ。火事だっ！」

おりょうの着物から手を離した代官は、裸足《はだし》のまま離れの外に飛び出して絶叫した。

本屋敷に真っ赤な炎が揺らめき、もうもうと煙を吐き出している。

「おわあああっ、わしの屋敷がっ。誰か、消せっ。火を消せぇぇっ」

「田代様。侵入者です」

「な、な、なんだとぉ！」

相次ぐ事態に、代官は混乱しながら叫んだ。

後ろに控えた鬼鷗が見つめる先には、背後の闇と同化するような黒装束の男が立っていた。立ち昇る火の明かりを浴びて、白い頭髪だけがぼんやりと浮かび上がっている。

「お、お客様、どうして……！」

その腕に抱きかかえられたおりょうが、画眉丸を見て声を上げた。

「はあ、面倒臭い」

火の粉を降らして燃え盛る代官屋敷。

男はそんな騒乱の最中、まるでやる気なさげに言った。

「火事に気を取られた隙を狙ったが、さすがに気づかれずに連れ出すのは無理だったか」

「な、なんで、どうしてっ？　お客様にご迷惑をおかけする訳には……」

動揺するおりょうに、抜け忍は淡々と応じた。

「ああ、ワシには無関係だ。先も急いでいるし、面倒ごとは御免だ」

「でしたら、どうして――」

「おヌシは一つ大きな間違いをしている」

「――？」

「き、貴様が火をつけたのかっ。曲者《くせもの》だっ。であえ、であえっ！」

代官の咆哮《ほうこう》に、二人の会話は中断される。

消火に追われていた屋敷付きの侍たちが、慌てて刀を抜いて画眉丸を取り囲んだ。

「くくく、もう逃がさんぞ。代官屋敷への侵入、放火。どんなに泣いて懇願しても許さん。死罪っ。貴様は死罪だっ！　打ち首は生温《なまぬる》い。火刑？　いや、牛裂きがいいか。それとも釜茹《かまゆ》でにされるか。くくく、痛いぞぉ、苦しいぞぉ」

代官が口から唾《つば》を飛ばしながら叫ぶ。

画眉丸は庭の端におりょうを下ろし、かりかりと頬をかいた。

「どれも大して苦しくなかったぞ」

「あ?」

直後、画眉丸の影がわずかに揺れた。

ボグゥと鈍い叩打音《こうだおん》が立て続けに響き、周囲の配下たちが、紙吹雪のように空に舞う。

「な、な、なんだとっ?」

信じられないことに、男は手首に縄を巻いたまま、ほんの一瞬で十名近くの男たちを薙《な》ぎ倒していた。

「き、きき、鬼鴟っ!」

「ここに」

黒い衣を着流した男が前に立ち塞がり、代官は勝ち誇った顔で高笑いを響かせた。

「ひひひひ、今度こそ終わりだ。この男は、史上最強と名高い石隠れ衆だ。高い金で雇っておるんだ。しっかり働け、鬼鴟っ」

「忍法――かまいたち!」

疾風が舞い、庭の砂利が派手に舞う。

後ろに跳び下がった画眉丸に剣先を向けた鬼鷗が、不敵な笑みを浮かべた。

「ふんっ、侵入者め。多少はやるようだが、俺の敵ではない。石隠れ衆、鬼鷗の刀の錆《さび》になったことを冥土の土産にするがいい」

だが、画眉丸は怯《おび》えるどころか、がっくりと大きく肩を落とすだけだった。

「まあ、ワシはどうでもいいんだがな。もう抜けたしぃ」

「……は?」

「おヌシに、三つ教えておいてやる」

「忍法——かまいたち!」

鬼鷗が斬りかかるが、その切っ先は空を舐めただけだった。

「——一つ。石隠れの忍は、殺す相手にいちいち自ら名乗ったりはせん。速やかに仕事を果たし、帰る。それだけだ」

背後の闇から声がした。

「忍法——かまいたちっ!」

振り返った鬼鷗が刀を真一文字に振るうが、刃は再び虚空を斬るのみだ。

「——二つ。そんな子供騙しを忍法とは言わん。忍法とは各々の忍が地獄のような鍛錬を

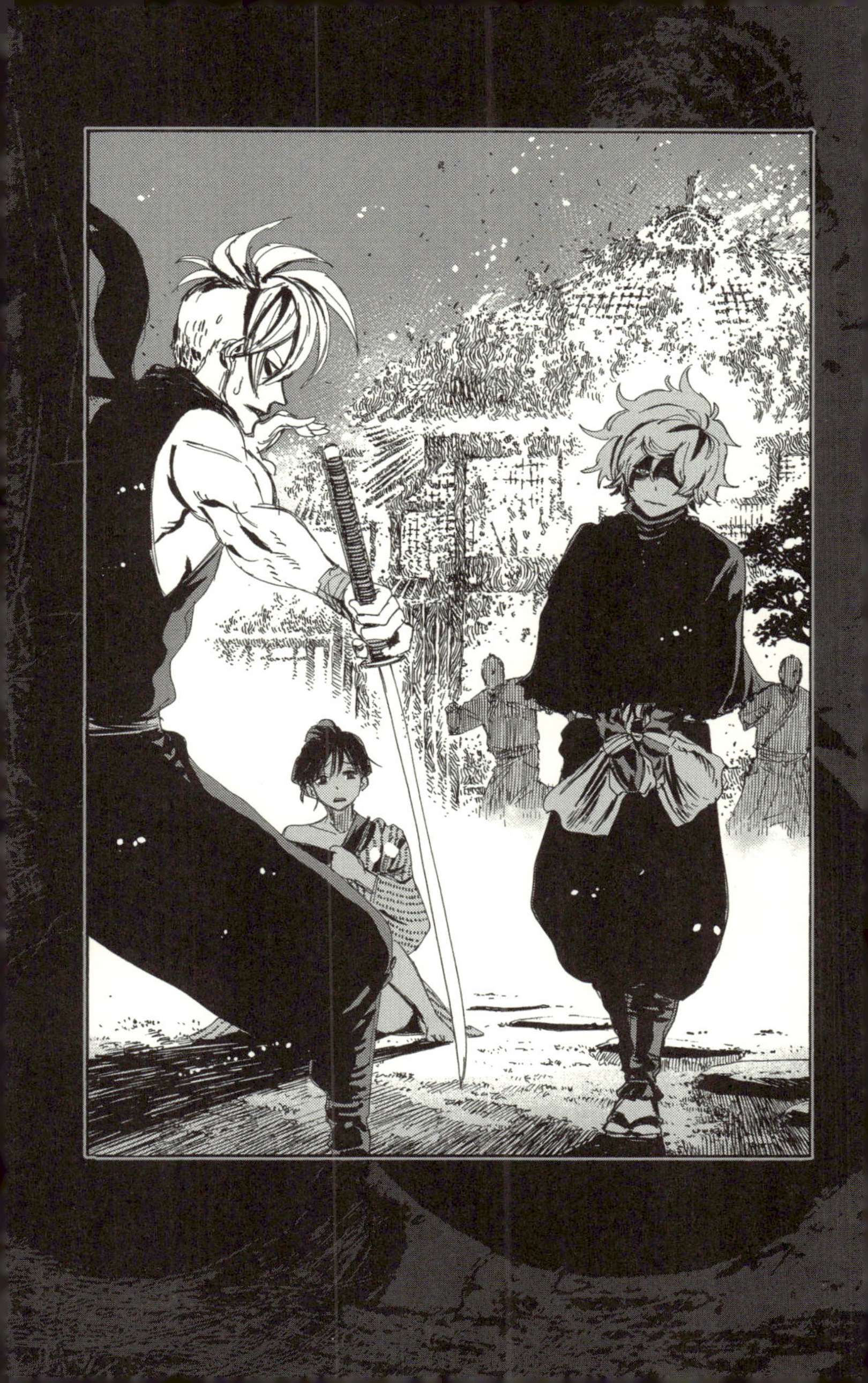

経て、練り上げた必殺の極技《きょくぎ》。おヌシのそれはただの曲芸だ」

「に、忍法――かまいたちぃぃぃぃ！」

当たらない。かすりもしない。いや、姿すらまともに捉えられない。

はあ、はあ、と鬼鴟の呼吸が速くなる。

「――三つ。最後に決定的におかしな点がある。もし、おヌシが本当に石隠れ衆なら……」

ゆらり、と闇の中から、白髪の男が姿を現した。

「ワシの顔を知らんはずがないんだがなぁ」

「ま、まさか……。まさか、まさかっ――」

ぱくぱくと口を開閉させる鬼鴟の前で、画眉丸の体から赤い陽炎《かげろう》が立ち昇る。

ひりつく熱気に炙《あぶ》られながらも、鬼鴟の全身からは冷や汗が噴き出していた。

裏の渡世人の間で、伝説のように語り継がれる話をふいに思い出したのだ。化物揃いの石隠れ衆にあって、筆頭と目される最強の忍がいるという。

その男は確か火の忍術を操る――

「面倒だが、おヌシに忍法というものを見せてやろう」

「――本物の……石隠れ衆っ!?　がっ、がらんのっ」

「元石隠れ衆だ」

忍法――火法師《ひぼうし》。

ごうっと紅蓮《ぐれん》の炎が吹き荒れた。

大蛇のようにとぐろを巻いた真紅の濁流が、鬼鷗を一瞬のうちに飲みこむ。それはあまりにも激しく、あまりにも暴力的で、あまりにも圧倒的な破壊力だった。

燃え盛る業火《ごうか》の中で、鬼鷗は悟る。自分がやってきた血の滲むような修行は、きっとこの男――石隠れ衆にとっては単なる児戯にすぎないであろうことを――

「せめてもの慈悲だ。長は石隠れ衆の名を騙《かた》る者を決して許さん。裏の世界で生きていれば、いずれおヌシの噂は里の者に届く。そうなれば待つのは究極の責め苦のみ。こんなに楽には死なせてくれん」

腰を抜かしたまま、焼け焦げた用心棒の姿を眺めた代官がぽつりと言った。

「に、偽物だったという訳か」

「大方どこかの里を追い出された忍崩れだ。石隠れ衆の名を騙《かた》れば仕事が取りやすいと考えたんだろ。さて――」

「ま、ま、待てっ」

向き直った画眉丸に、代官が後退しながら早口で言った。

「ゆ、許すっ。これまでの狼藉を許してやるっ。だから、わしに仕えぬか。鬼鷗の倍、いや、三倍は出そう。な、どうだ？」

「………」

画眉丸は無言で代官に近づき、その首を片手で摑んだ。

「ひ、ひいいっ」

「待ってください、画眉丸！」

屋敷の入り口付近から声がした。画眉丸が振り返ると、そこに白装束の女が立っていた。

「おヌシ……」

「やはりここでしたか」

佐切は肩で息をしながら、どこか安堵《あんど》したような表情を浮かべた。

「罪人のあなたが役人を殺すと面倒なことになります。その男には正当な裁きを受けさせましょう」

「正当な裁き？」

画眉丸が代官から手を離すと、佐切が一人の男の首根っこを摑んで突き出した。

「御代官様っ……」

「な、七松屋っ。どうしてお前が」

「この女が夜半に突然押し入ってきて、店の中を改めると言い出しまして——」

初老の男が今にも泣きそうな顔で言った。

佐切が懐から紙の束を取り出す。

「必ずあると思いましたが、金貸しの裏帳簿です。ここにしっかり記されていますよ。代官、田代助左《すけざ》衛《え》門《もん》。あなたへの賄賂《わいろ》の流れがね」

代官は明らかに動揺しながら、声を絞り出した。

「だ、だ、誰だっ。お前はっ」

佐切はもう一枚の紙を懐から取り出して掲げた。それは今回の任務に当たって発行された、江戸へ向かう関所の通行許可証だ。そこに徳川の紋が描かれているのを見た代官の顔が、みるみる青ざめていった。

「と、徳川様のっ……!?」

「御公儀より密命を帯びている者です。天領を治める代官が権力を利用し、裏金作りとは言語道断。このたびの件はしっかりと報告させてもらいますよ」

「おお、世直し侍みたいだ」

「からかわないでください」

声をかけた画眉丸に、佐切が困った顔で応じる。

「ぬぐ、うううっ」

代官は唇を歪め、その場でがっくりとうなだれた。同時に七松屋も、全てが終わった顔をして膝をつく。

「おりょう！」

「平吉！」

佐切の後ろから、平吉が飛び出し、庭先のおりょうの元へと駆けていった。二人ががっしりと抱き合うのを苦々しく眺めた代官が、画眉丸を指さした。

「わ、わかった……。沙汰は甘んじて受け入れよう。し、しかし、それならこの悪人も成敗されるべきだ。わしだけが罪を被《かぶ》るのは、ふ、不公平であろう」

「…………」

画眉丸と再び目を合わせた佐切は、すらりと腰のものを引き抜いた。

「それも、そうですね」

「……やる気か」

「あなたのこのたびの勝手な行動、許す訳にはいきません」

白刃を手にした佐切はざっざっと砂利道を進む。

画眉丸がわずかに腰を落として身構えた。

二人の距離が次第に詰まり、佐切はゆっくりと刀を振り上げる。そして——

ボグゥッ！

「げべえええっ」

潰れた蛙のような悲鳴を上げたのは、画眉丸の隣にいた代官だった。刀の峰でしこたま腹を打たれた代官は、吐瀉物《としゃぶつ》を派手にまき散らしながら、大地に転がった。

「失礼。修行不足ゆえ、手元がずれてしまいました」

「絶対わざとだろ」

画眉丸が呆《あき》れた様子で肩をすくめる。

白目を剝いてぴくぴくと痙攣《けいれん》している代官を見下ろした後、佐切は庭の端で抱き合う夫婦に視線を移し、口元に微笑を浮かべた。

「まあ、少々力が入りすぎた感は否めませんね」


「このたびは本当にありがとうございました」

昇ったばかりの太陽が、宿場町を眩《まばゆ》く照らす朝。

旅支度を整えた佐切と画眉丸の前で、『めおと屋』の夫婦が手をついて頭を下げた。

「いえ、良かったですね」

佐切は二人を交互に見ながら言った。

あの後、事後処理と昏倒したままの代官の世話は七松屋に任せたが、怖れを為《な》した七松屋は真っ青な顔で何度も首を縦に振った。借金の証文は代官が保管していたようで、屋敷ごと燃えてしまったようだった。

おりょうは体を小さくして、恐縮しながら顔を上げた。

「ほ、本当になんと言っていいのか。お客様にご迷惑をおかけしないことを、夫婦の第一の鉄則にしていたはずなのに……」

「それは違うぞ」

答えたのは画眉丸だった。

おりょうと平吉が怪訝《けげん》な表情を浮かべる。

「違う？ そういえば昨晩、お客様は私が間違っているとおっしゃっていました」

「ああ。客に迷惑をかけない。料理は真心を込めて。部屋はいつも綺麗に。どれも立派な鉄則だ。夫に害が及ばぬよう、一人で決着をつけにいく心意気もわからんでもない。だが――」

画眉丸はこう続けた。

「夫婦の一番の鉄則は、二人が一緒にいることだ。たとえ何があっても」

「……！」

おりょうと平吉が顔を見合わせた。

平吉が妻の背中を優しく撫でると、赤くなったおりょうの眼から、一筋の涙が零れ落ちた。

死罪人と処刑人の二人組は、一路江戸へと向かう。

「本当にありがとうございます。私たち、『めおと屋』をもっと盛り立てていきますっ」

宿を後にした二人の背中に、おりょうが大声で呼びかけた。

「そして、お二人みたいな素敵な夫婦になります！」

佐切と画眉丸は同時につんのめった。

「……大変良い女将さんですけど、最後まで相変わらずでしたね。今度泊まった時はしっかり訂正しておかないと……」

佐切が額の汗を拭いながら言うと、画眉丸が大きく頷いた。

「まったく迷惑な勘違いだ」

「それは私の台詞です」

佐切は一瞬画眉丸を睨みつけ、そしてふっと表情を崩した。

「こういう勝手な行動は今回限りにして下さい。私たちにはやるべき事があるのですから」

「言っただろ。任務を放棄して逃げ出したりはせんよ」

「それはわかっていますよ」

佐切が答えると、画眉丸は少し拍子抜けしたような顔をした。

「罪人の言うことは信じないんじゃなかったのか」

「少なくとも、あなたの想いが本物であることはわかりました」

――夫婦の一番の鉄則は、二人が一緒にいることだ。

その一言に込められた意味を――

その重みを――

佐切は痛いほど感じずにはいられなかった。

並んだ二つの影が、江戸を目指して東海道を進む。

「じゃあ、手縄を外してもいいか」

「それは駄目です」

「相変わらず堅いな」

「当たり前です」

一陣の涼風《すずかぜ》が、街道を吹き抜ける。

空を舞うとんびが一羽、ピーヒョロロと高く鳴いた。

第二話

連星、輝く

——大変な一日だった。

神仙郷《しんせんきょう》、上陸初日の夜。

薄暗い繁《しげ》みの中で、黒い羽織をまとった長髪の青年——山田《やまだ》浅ェ《あさえ》門桐馬《もんとうま》は、木の幹に背を預けながら、激動の一日を振り返った。

仙薬《せんやく》を探すために島の内陸へと足を踏み入れて早々、この世のものとは思えぬ奇怪な化物と遭遇し、死闘を演じることになった。日が暮れて、ようやく怪物の活動はおさまったように見えるが、それでもいつ物陰から突然現れるかわからないため、おいそれと休むこともできない。

「そんな状況で、よくもこんなにぐっすりと眠れるものですね」

桐馬は呟《つぶや》いて、視線を前に向けた。

そこには大の字に寝転がって、高いびきをかく男の姿があった。

修行僧のような出で立ちをした隻眼の男。

名は亜左《あざ》弔兵衛《ちょうべい》。

伊予《いよ》の山奥に盗賊の村を作り上げた傑物であり、数多《あまた》の殺人・略奪の罪による死罪人だが、世間がつけたそんな肩書きは、桐馬にとってはどうでも良かった。
最も重要なのは、男が桐馬の兄であり、二人《ふたり》が兄弟であるということだ。
「まったく、人が見張っていると思っていい気なもんです」
弔兵衛の横顔を眺めて、桐馬は小さな不満をぶつける。
勿論《もちろん》、本心ではない。それこそが兄の強さであることを桐馬は知っているからだ。
休める時に休む。食べられる時に食べる。それが生きるための基本だということを兄は誰よりも知っている。兄は早くもこの人外の島に適応しつつあるのだ。
いつだってそうだった。
父の仕えた藩主が改易《かいえき》となった時も、
貧乏暮らしで母が病死した時も、
父が主君の仇討ちに参加して処刑された時も、
そして、野盗に襲われた時も、
兄はすぐに状況を飲みこみ、適応し、最終的にはその場を支配するに至った。
適者生存。兄は変化の天才だ。
変わらないものは一つだけ。そう、たった一つ――

ふと顔を上げると、生い茂る枝葉の間に覗《のぞ》く夜空に、並んだ二つの星を見つけた。

強く明るく光り輝く星と、それに寄り添うように小さく瞬く星。

「――」

桐馬は思わず口元をほころばせた。

連なった二つの星は、常にともにある。

生まれた頃からずっと兄と一緒だった。一時的に山田浅ェ門の門弟になったのも、囚われの兄を助けるためにすぎない。全てはまた同じ場所で輝くため。

相変わらず騒がしい寝息をたてる兄に、桐馬は静かに語りかけた。

「そういえばあの時もそうでしたね、兄さん――」


それは三、四年前の秋のことだった。

空気に時折冷たさが混じり始めた季節。木々に囲まれた山の中で、桐馬は重なった落ち葉に立って、天を見上げていた。

月が姿をくらます新月の夜。

澄んだ空には無数の星が瞬いている。その中に並んだ二つの星があった。

ぴったりと身を寄せて輝く連星を、桐馬はじっと見つめていた。

「おい、桐馬。何やってんだ」

「あ、兄さん。お帰り」

桐馬は振り返って言った。

そこには、生まれた頃から見知った顔。いや、その頃と比べると荒々しい傷も増え、片方の目も潰れてはいるが、桐馬にとっては何も変わらない兄——弔兵衛の姿があった。

「首尾はどうだった、兄さん？」

「上々だ。予想通り、冬に備えてたんまり蓄えてやがった」

松明《たいまつ》を手にした弔兵衛は、干し肉を吊るした紐《ひも》を首にかけ、穀物の詰まった俵を抱えてにやりと笑った。

その背後には戦利品を手にした人相の悪い男たちが付き従っている。中の一人《ひとり》が言った。

「でも、お頭《かしら》。どうして全部奪わなかったんですかい」

「全部奪ったら、あいつら飢え死ぬだろうが」

「農民どもが飢え死のうが、どうでもいいじゃありませんか」

弔兵衛は男の額《ひたい》をはたいた。

「ちったあ頭を使え、馬鹿野郎。里の人間が全員飢え死んだら、略奪先が減るだろうが。奴《やつ》らに働かせて、そいつを俺らが頂くんだよ」

「そ、そうか。さすがお頭」

額をさすりながら、男は答えた。

ここは伊予の山中。連なる山々の一角に位置する小さな野盗団のねぐらだ。

両親を亡くした後、兄の弔兵衛と二人してしばらく物乞いをして暮らした。その後、食料を求めて山野を彷徨《さまよ》っていた時、野盗の集団に目をつけられた。売り飛ばせば小銭にはなるだろうと連れ去られてしまったが、兄はすぐに野盗たちに溶けこみ、いつの間にかその場を支配していた。

そして、今では二十名近くを抱える野盗団の頭の地位におさまっている。

「おい、飯にするぞ」

弔兵衛の一声で、山中の掘っ立て小屋に、わらわらと盗賊たちが集まってきた。

「しかし、お頭のおかげで今年の冬も越せそうっすね」

「お頭についていきゃ、間違いねえ」

桐馬の用意した鍋を囲み、手下たちが口々に兄を称《たた》える。

「俺らの盗賊団に敵《かな》う奴ぁいねえよ」

一人が声高らかに言うと、別の手下がふと思い出したように言った。

「だけどよぉ、前に旅の山伏《やまぶし》に聞いたんだが、土佐《とさ》のほうにはもっとやべえ盗賊団がいるらしいぜ」

「やべえ盗賊団？」

「ああ、なんでもそこにゃ二百を超える数の盗賊がいるらしい」

「二百？　本当かよ」

「他の盗賊団を次々取りこんで大きくなってんだとよ。その頭領ってのは熊と互角に戦う大男って噂《うわさ》だ」

「ま、まじかよ」

伊予の山中にも、首に白い三日月模様を持つ熊が生息している。冬眠前のこの季節は特に獰猛《どうもう》で危険な獣だが、それを知っている野盗たちは怯えた様子で互いの顔を見合わせた。

「熊と互角に戦う大男？　はっ、なんだそりゃ」

弔兵衛は手下たちの会話に鼻を鳴らして、脇に積み上げた山菜を、火にかけた鍋に放りこもうとした。

「あ、兄さん、待って。それは毒キノコですよ」

「ああ？」

弔兵衛は手を止め、摑《つか》んだキノコをじいと見つめる。黄土色の傘を持ち、表面はつるりとした光沢を放っていた。

「本当か？　前にも食ったことあるぞ」

「似たやつがあるんです。匂いが違うはずですよ」

「確かに……ちっと粉臭えな」

キノコに鼻を近づけた弔兵衛が眉をひそめる。

「みんなで食あたりなんて嫌ですよ」

「やばけりゃ、お前が今みたいに止めてくれるだろ」

弔兵衛は笑って、毒キノコを投げ捨てた。

「桐馬さんは本当に物覚えがいいんすよ。山菜の見分け方も、獣の罠《わな》の仕掛けもすぐに覚えちまう。何をやっても器用にこなしちまうっつうか」

「んなこたあ知ってるよ。ずっと昔からな」

野盗の言葉を肯定するように、弔兵衛は頷《うなず》いて獣肉を嚙《か》み切った。

「兄さん……」

桐馬は椀《わん》を手に呟いて、兄の横顔を見つめる。

そう、ずっと昔から知っている。

生まれた時から、兄は桐馬のそばにいたのだから。

侍の子が盗賊になったことに困惑し、泣いていた自分に、道を示してくれた。

絡んでくる野盗に迫力がないと言われれば、自ら右眼を切り裂いた。

そんな兄の背を自分はずっと追いかけてきた。

藩の改易によって、周囲を取り巻く環境は大きく変わった。

だけど、前を見ればいつも同じ背中がある。

これまでも、これからも、きっとそうだ。

——兄さんさえいれば、僕たちは無敵だ。


異変が起きたのは翌日だった。

「お、お頭っ、大変ですっ」

朝方。霧の漂う山中で、手下の呼ぶ声によって桐馬は目を覚ました。

「うるせえぞ、こらっ」

「げふっ」

寝床に駆けこんできた手下が、もんどり打って倒れた。大欠伸《あくび》とともに、のそりと起き出してきた弔兵衛に蹴り飛ばされたのだ。兄は昔から寝起きは機嫌が悪い。

武家育ちの桐馬からすれば、こんな山野でよくもこれだけぐっすり眠れるものだと思うが、それも変化にすぐ適応する兄の強さだろう。

「すっ、すいやせん。だけど、早めに伝えておこうと思いやして」

「つまんねえ話だったら承知しねえぞ」

腹を押さえて起き上がってきた手下に、弔兵衛は大きく伸びをして応じる。

「へい。俺、早く目が覚めちまったんで、獣でもかかってねえかと罠の様子を見に行ったんでさあ」

「鹿でも獲《と》れたってのか？」

「いえ、獣はいなかったんですが、途中の木の隙間から、昨日俺らが略奪に行った村の様子が見えまして」

手下はそこで声を一段落とした。

「死んでたんです」

「何？」

弔兵衛の背筋がわずかに伸びる。

「山から見ると、あちこちに農民が倒れてやして。俺、気になって村のほうまで下りてみたんすよ」

手下はその光景を思い出したようで、ごくりと唾を飲みこんだ。

「みんな死んじまってました。手当たり次第っつうか。皆殺しってやつです。俺らが少しだけ残してやっていた食料なんかも全部なくなっちまってました」

「兄さん……」

後ろで聞いていた桐馬は思わず兄の背に呼びかける。

手下は青ざめた顔で言った。

「く……熊が出たんすかね」

「馬鹿野郎っ。んな訳ねえだろ。熊がご丁寧に全員殺して、根こそぎ食料を奪うかよ。人間の仕業に決まってんだろうが」

「でっ、ですよね」

「だが、一人や二人に出来る芸当じゃねえ。それなりの数がいたはずだ」

弔兵衛は顎《あご》をさすった。

「他の村の農民どもが食うに困って攻め入ってきたとは考えにくい。まだ本格的な冬になっちゃいねえし、素人《しろうと》に皆殺しなんてそうそうできるもんじゃねえしな。つまり、俺らの同業――盗賊に間違いねえ」

すぐさま状況を的確に分析する兄に感心しながらも、桐馬は疑問を口にした。

「しかし、ここらには僕らの縄張りに入ってくるような賊はいないはずですよ」

「だったら、答えは一つだ。外から流れてきた盗賊団が——」

そこで弔兵衛は口を止めた。

しばらく考えるように一点を見つめた後、次に出てきた言葉はこうだった。

「やべえぞ……」

「兄さん、どうしたんですか？」

「すぐにここを離れる！　全員叩《たた》き起こせ」

「あ、はいっ」

桐馬はすぐさま弔兵衛の指示に従った。

一瞬、意図を図りかねたが、兄が言うのならそれは間違っていないはずだ。

この世の理《ことわり》がどう変わろうが、いつも正しいのは兄の言葉。それが桐馬にとって唯一の真理だった。

「うーん、もう朝ですかい……？」

桐馬が起こしてまわると、手下たちは寝ぼけ眼《まなこ》で顔をこすった。

「てめえら、荷を担いで山の反対側まで走るぞっ。起きねえ奴は置いていく！」

言うが早いか、弔兵衛は金品を詰めた麻袋を乱暴に掴んで駆け出した。

「ま、待ってくださいよ。お頭ぁ」

のそのそと起き出した野盗仲間たちが、まばらに後ろをついてきた。

――なるほど、そういうことか。

理解の追いついた桐馬は、間髪入れず兄のすぐ後を追った。

「兄さん、一応説明を聞いても？」

確認の意味も込めて前の背中に尋ねると、弔兵衛は速度を落とさずに応じた。

「さっき里の奴らが皆殺しにされたのは、外から来た盗賊団の仕業だと言っただろ」

「覚えています」

「もし、俺が里を襲った盗賊団だったとしたら、気づくことがある。冬ごもりの準備も必要な時期なのに、やけに戦利品が少ねえってな」

「それは僕らが昨日奪ったから」

「ああ、つまりこの辺りには別の盗賊団がいるだろうことがわかる」

「やはり、そういうことですか」

桐馬の呟きと同時に、ヒュンと風を切る音が轟《とどろ》いた。

「ぐあっ！」

後ろで悲鳴が上がる。

振り返ると、首に矢尻を生やした手下の一人が、前のめりに倒れ伏すところだった。

――襲撃。

「くそっ、あの野郎やっぱり尾《つ》けられてやがった」

弔兵衛が大きく舌打ちして、更に加速する。

――やっぱりそうか。

兄を追いながら、桐馬は自身の考えが正しいことを確認した。

外から流れてきた盗賊団が村を襲うと、やけに食料の残量が少ない。村人を脅せば、昨晩別の盗賊団――つまり、弔兵衛率いる野盗の集まりに略奪されたことがわかるだろう。

必然、奴らの次の標的はこちらに移る。なぜなら村の物資の大半は、今、桐馬たちが手にしていることになるからだ。

では、どうやってこちらの隠れ家を探し出すのか。

「敢《あ》えて村人の死体をそこらに放置して、異変に気づいた僕らが見に行くのを待っていたということですね」

「まあ、俺らの一味がまた村に戻ってくるかどうかは半々だっただろうがな。少人数の手下を村に残して、様子を窺《うかが》いに来る奴がいないか物陰から見張ってたんだろ」

そして、運悪く奴らの予想は的中した。

弔兵衛の手下——明らかに野盗のなりをした男が、恐る恐る村の状況を見にやってきたのだ。あとは密《ひそ》かにその男をつければ、こちらのねぐらに辿《たど》り着くことができる。

桐馬はもう一度後ろを振り返った。

木々の隙間に、手製の矢をつがえた汚い身なりの男たちが数人見える。

進路を少し左に変えて、桐馬は背後に迫った矢をかわした。

「あれが件《くだん》の盗賊団ですね。応戦しないのですか、兄さん？」

「この状況で二百人を相手にするのは得策じゃねえ」

「二百人？」

直後、地鳴りのような唸《うな》り声が辺りに響いた。

矢を手にした男たちの更に後方から、黒い波が押し寄せるように、荒くれ者たちが駆け上がってくる。顔に刺青《いれずみ》を施した者、体中に傷がある者、一見して野盗とわかる装いをしている。

いずれにせよ、その数は尋常ではない。

「まさか……土佐の盗賊団ですかっ？」

駆ける桐馬の脳裏に、昨晩、手下から聞いた話が蘇《よみがえ》る。

情報では、土佐に二百を超える所帯を抱える盗賊団があるという。

「土佐からこの伊予まで流れてきた訳ですか？」

「村一つ消すくらいの規模だ。それも充分あり得るとは思っていたが、実際に見るとぞっとしねえな」

「うぎゃああ」

逃げ遅れた手下が、次々と迫りくる波に飲みこまれていく。

「兄さん！」

「放っておけ。どうせ間に合わねえ。俺らだけでも逃げ切るぞ！」

弔兵衛が桐馬を顧みて、手にした麻袋を振ってみせた。これまでの略奪品の中で、選《え》りすぐった金品のみが入っている袋だ。

「こいつがありゃ、いくらでも立て直せる。お前は俺の背中だけ見てついてくりゃいい」

「はいっ、兄さん」

そう――そうなのだ。

地位。名誉。両親。いつも何かを失ってきた。だけど、たった一つ失われなかったものがある。桐馬はただその後ろ姿だけを見つめてひた走った。

しかし――

「痛《つ》っ！」

まとめて降り注いだ矢が、桐馬のふくらはぎをかすめる。敵の数は更に増え、木々が天然の防壁になってくれるとは言え、放たれる矢の数も飛躍的に増加していた。

赤い血が筋を引き、下肢に鋭い痛みが走る。

「桐馬！」

「大丈夫です」

兄の呼びかけに応えるが、速度は目に見えて落ちていく。

「あいつが親玉か」

「追えっ！」

その隙を見逃さず、土佐の盗賊どもが迫ってくる。

足を上げるたびに痺《しび》れが増す。少しずつ前を行く弔兵衛との距離が開いていく。

幼い頃から追い続けてきた背中が遠くなっていく。

手を伸ばしても、もう届かないほどに。

「兄さんは、先に行って」

——兄さんは、もっと、もっと先に行ける人だから。

桐馬は小さく呟いて、立ち止まった。

拾い上げた枝を木刀のように両手に構えて、土佐の盗賊どもの前に立ちはだかる。

「ここは通さん」

振りかぶった腕を、押し寄せる荒くれ者たちに一閃《いっせん》。

「ぐあっ」

顔面を打たれた盗賊が呻《うめ》いて転げる。すぐさま返す刀で別の男の喉元《のどもと》をついた。間髪入れずに、桐馬の横を抜けて弔兵衛を追おうとした賊の後頭部を打ち据える。

「意外とやるぞ、こいつ」

盗賊たちの勢いが止まった。

「通さないと言ったでしょう」

侍の子として一通りの剣術指導は受けている。子供の頃からなんでも人よりできるほうだったが、特に剣術は道場の先生をして天賦の才があると言わしめたこともある。

朝の山中に怒号と悲鳴が響き渡り、桐馬の剣の前に、盗賊たちが次々と倒れていった。

しかし、なんせ敵の数があまりにも多い。道場と違って足場も悪く、相手の型も無茶苦茶だ。桐馬の息も次第に上がっていく。それでも、襲いかかってきた一人を倒し、その後ろからやってきた二人目を打ちつけ、続く三人目も跳ねのけた。

だが、その更に背後から躍りかかってきた男に袖を掴まれ、足が止まった一瞬――盗賊たちが雪崩《なだれ》のように飛びかかってきた。

錆《さ》びた鉈《なた》の攻撃はなんとかかわすが、二人目の拳をもろに顔面に受けてしまう。鼻からの痛みが脳天に抜ける前に、次は頬《ほお》骨を殴られた。

「ぐっ」

重い衝撃が次々と体へ加えられる。我先にと襲ってくる盗賊たちの暴力は、体勢を整える時間すら与えてくれない。血の苦味が口の中で滲《にじ》み、視界が歪《ゆが》む。

ここまでか、と覚悟したその時――

「桐馬、伏せろ！」

――！

反射的に声に従うと、すぐ頭上を大木が弧を描いて通り過ぎた。

「うぎゃあっ！」

叫び声とともに、目の前にいた盗賊たちが斜面を仰向けに転がっていく。

肩で荒く息を吐きながら、桐馬はゆっくりと後ろを向いた。

「虫けら共を追い払うのに、ちょうどいいもんを見つけたぜ」

そこには一抱えもある倒木を両腕に挟むように掴んだ兄――弔兵衛の姿があった。

「に、兄さん！」

「後は任せろ」

弔兵衛は言うと同時に地を蹴った。

「うおおおっ！」

腕に挟んだ大木をぶん回し、密集した盗賊どもを薙《な》ぎ倒していく。遠心力で増幅された重量に、飛びかかってくる男たちは羽虫のように打ち落とされていった。

桐馬が敵を食い止めている間に、弔兵衛は武器となりえる倒木を探していたのだろう。その場にあるものを即座に戦闘に利用できるのも、兄の適応力ならではだ。

「くそっ、離れろっ。やられるぞ」

盗賊たちもようやく迂闊《うかつ》に近づけないことを悟ったようで、距離を取って囲んできた。

苦し紛れに遠巻きに矢を放ってくるが、弔兵衛は抱えた木を盾にしてそれらを容易に防ぎきる。

「桐馬、このまま離れるぞ。走れるか」

「兄さんこそ、そんなもの持って走れるんですか」

「少しくらい遅くなろうが、これがありゃ奴らも警戒して近づけねえ。それでも追ってきた奴はこれでぶちのめす。いい案だろうが」

「はいっ」

そうだ。

兄は変化の天才。少々困難な環境が訪れても、すぐに状況を飲みこんで対応する。これまでもそうだったし、これからもそうだ。

二人が囲いを突破しようと身構えた時、野太く耳障りな声が敵集団の後方から響いた。

「おい、何を手間取ってやがる」

盗賊たちの空気が瞬時に変わった。ならず者たちの顔に、一様に緊張感が浮かぶ。

そして、ざっざっと繁みの奥からやってきた男に、桐馬は絶句した。

「なんだ、こいつは……」

それは身の丈、六尺五寸（約二メートル）にも届きそうな大男だった。

伸び放題の髪。全身は毛むくじゃらで、頭部が残ったままの狼の毛皮を肩にかけている。

獰猛な瞳と、はち切れんばかりの巨体は、凶暴な熊を彷彿《ほうふつ》とさせる。

「お頭っ」

「いちいち俺の手を煩わせるんじゃねえよ。そのためにてめえらがいるんだろうが。俺ぁ走るのは嫌いなんだ」

男は言いながら、手近な手下の頭にげんこつを振り下ろした。

「びぎゃ」

ぼきぼきとくぐもった音が鳴り、手下の首が一回転する。

「おっと、つい加減を間違えちまうなぁ」

こと切れた部下を興味なさそうに見つめ、男はふんと鼻を鳴らした。

「まあ、いい。俺ぁ、権左《ごんざ》ってんだ。土佐を縄張りにしてたんだが、あっちにゃ略奪に手ごろな村がなくなっちまってよう。山を越えてはるばる伊予までやってきたって寸法よ」

予想通り、こいつらが土佐にいたという構成員二百人を超える大盗賊団のようだ。

桐馬は権左と名乗った男を凝視した。

山伏の情報では、その頭領は熊と互角に戦うほどの巨漢だったというが、まさに言葉の通りだ。権左は太い指で耳をほじり、その指先にふっと息を吹きかけた。

「随分若えが、てめえが伊予の盗賊団の頭か。ここは――……」

ダッ。

相手が言い終わる前に、桐馬の真横で土が舞った。

「おらあっ！」

次の瞬間には、跳び上がった弔兵衛が、抱えた大木を権左の頭上に振り下ろしていた。

先手必勝。いかに敵が多かろうが、大将首を取れば勝つ。兄らしい素早い判断だったが、
巨漢は右手を掲げてそれを軽々と受け止めた。

「何っ？」

弔兵衛が思わず声を出すと、権左は不機嫌そうに眉間《みけん》に皺《しわ》を寄せて、木を摑んだ指先に力を込めた。

「おい、この俺が話している途中だろうが」

みしぃと幹が軋《きし》んで、権左は摑んだ大木をまるで細枝のごとく振り回した。

「ぐっ」

「兄さん！」

跳ね飛ばされたのは弔兵衛のほうだった。岩に腰を強打し、蹲《うずくま》る兄のもとに、桐馬は急いで向かう。片手で木を摑んだまま、権左がゆっくりと近づいてきた。

「で、なんだったかな……。ちっ、てめえのせいで忘れちまったじゃねえか」

権左は舌打ちをして、もう一度大木を振り下ろした。

「ぐあっ！」

背中を強打された弔兵衛は顔を歪める。権左はようやく思い出した様子で言った。

「ああ、そうだ。てめえは伊予の盗賊だよな。ここは今日から俺の支配地にする。食料と金目のもの全部差し出して俺の軍門に下れ」

「だ、誰が……ぐああっ！」

「兄さんっ！」

再び、大木で殴り飛ばされた弔兵衛の身を、桐馬が支えて引き起こした。

「てめえにゃ聞いてねえよ。ひょろっちいほう、お前が俺の下に入れ」

権左の指は桐馬に向いていた。

「ぼ、僕……？」

「俺ぁ、この辺りの地理にゃあ詳しくねえからよ。ここらを根城にしていた奴がいると便利なんだよ。当然、きっちり下働きはしてもらうがな」

権左の盗賊団は、そうやって各土地の野盗を次々と吸収しながら肥大化していったのだろう。二百人を超える流浪の略奪集団は、そうして出来上がった。それはまるで田畑を食い荒らして土地を移り続けるイナゴの群れのようだ。

「他の奴らは全員殺しちまったし、てめえしかいねえだろ」

「…………」

桐馬が無言で兄の横顔を窺うと、権左はぺっと唾を吐いた。

「そいつは駄目だ。親玉が残っていると面倒くせえからな。うちの団に入るのは、てめえだけだ。この俺のために働けるんだ、ありがてえ話だろう」

「断る」

桐馬は即座に答えた。

兄と離れるという選択肢など考える意味もない。

するると、権左は額にびきびきと青筋を浮かべて、ゆっくりと近づいてきた。

「おい……俺様の慈悲を無下にするっていうのか?」

手にした倒木を小枝のように投げ捨て、権左はぱきぱきと指を鳴らす。

二百人の盗賊を支配下に置く男が発する圧は並みではない。獣のごとき威圧に気圧《けお》されそうになるが、桐馬は腹に力を入れ、兄を庇《かば》うように権左の前に立ちはだかった。

「来い」

枝を木刀のように構えたところで、後ろからぐっと肩を掴まれる。

兄――弔兵衛が桐馬を引っ張り、後方に押しやった。

「下がってろ。俺が、やる」

「兄さん……」

桐馬から武器となる枝を奪い取ると、弔兵衛はゆっくりと前に進んでいった。

しかし、その足取りはよろよろとして、いかにも頼りない。大人数の盗賊を相手に大立ち回りをやった後、権左の持つ大木に何度も打ち据えられたのだから当然だ。疲労と激しい痛みでまともに戦える状態ではないだろう。

それでも、と桐馬は思う。

手下は全員殺され、
二百余名の野盗に囲まれ、
熊と見紛《まが》うような大男に対峙《たいじ》し、
もはやこの状況を打開するなど不可能に見える。

それでも、兄ならば何かをやってくれるのではないか。

これまでだって、どんなに絶望的な状況でも、兄はその場に適応して、いつの間にか事態を覆していた。

——だから、今回だって……。

しかし、胸に抱いた期待は脆《もろ》くも破れ、桐馬は目の前の光景をただ呆然《ぼうぜん》と見つめた。

「兄さん……」

そこには残酷な現実があった。

血飛沫《ちしぶき》が舞い、骨に響く鈍い叩打音《こうだおん》が間断なく鳴り続ける。兄が手にした枝の剣《つるぎ》は一撃でへし折られ、後は権左の独壇場だった。

その圧倒的な膂力《りょりょく》を前に、弔兵衛は為《な》す術《すべ》なく、濁流に飲まれた枯葉のように翻弄されている。暴力そのものを体現したような権左の鉄拳が、雨あられのごとく兄に容赦なく降り注いでいた。そして、めきぃと空気が軋むような不快音がして、弔兵衛は肋骨《ろっこつ》を押さえて、がっくりと膝《ひざ》をついた。

「ぐはは。骨の二、三本は逝ってるな。思ったより丈夫なようだが、俺に盾突くには百年早《はえ》えよ、雑魚《ざこ》が」

「殺せっ、殺せっ、殺せっ、殺せっ、殺せっ、殺せっ！」

周囲を取り囲む盗賊たちが喝采《かっさい》を上げ、権左は血に濡れた拳をべろりと舐《な》め上げた。

俯《うつむ》いた弔兵衛の片目は、信じられない様子で見開かれている。

これまでどんな苦境に陥っても、なんとかしてきた。なんとかできる。積み上げてきたその自信が、強大な壁の前に今はじめて揺らいでいる。まさか、と思いながらも、桐馬にはそのように感じられた。

「兄さん！」

急いで駆け寄ると、兄の赤く染まった唇が小さく動いた。

「……して、くれ」

「あ？」

近づいてきた権左が眉をひそめると、弔兵衛はもう一度はっきりとこう言った。

「見逃して、くれ……」

そのまま前に手をついて、権左に頭を下げる。

「頼む……見逃して、くれ……」

「兄さん？」

兄のそばで桐馬が放心して呟くと、血に汚れた弔兵衛の顔がわずかに桐馬のほうを向いた。これ以上ないほどに痛めつけられた姿。その切れた唇はかすかに開閉している。

やがて、兄の瞳は許しを請うように権左に向けられた。弔兵衛は緩慢な動作で、懐から麻袋を取り出した。

「頼む……こいつを、やるから……見逃してくれ……」

「兄さん……」

中にはこれまで略奪した金品が詰まっている。それは兄弟の今後に必要なものだった。

差し出された麻袋を奪い取った権左は、中身を確認してかすかに笑みを浮かべ、瞳に残忍な色を宿らせた。

「ふん……。悪かねえが、どうせお前を殺して奪うつもりだったんだ。これだけで許してもらうつもりじゃねえだろうなぁ？」

「それだけじゃ、ねえ……」

弔兵衛はゆるゆると顎を動かし、桐馬を示した。

「こいつも……連れていけ。俺が言えば、こいつはお前につく」

「なっ……」

桐馬は驚きの声を発し、兄に摑みかかった。

「兄さん、本気で言ってるんですかっ」

弔兵衛の隻眼が、桐馬をぎろりと見据える。

「うる、せえっ！」

思い切り振りほどかれて、桐馬は落ち葉に転がった。

「お前も弟なら、俺の役に、立ちやがれっ」

「兄……さん」

「ぐあっはっはっは。弟を売るなんざ、とんだ腰抜けのクズ野郎じゃねえか」

権左は大声で笑った後、弔兵衛の顎を蹴り上げた。

鈍い音とともに、その身が空中で三回転して、頭から泥土に落ちる。

「伊予の大将っつうから、ちったあ期待したが、つまんねえカス野郎だったな。さっさと消えろ」

権左は唾を吐いた後、桐馬を引き起こし、分厚い手で肩を摑んだ。

「新入り。てめえの兄貴は頭領の器じゃねえなぁ。まだあいつについていく気かぁ」

「……いいえ」

倒れ伏した兄の姿を、桐馬は唇を噛んで見つめ、権左に頭を下げた。

「ぜひ……親分のもとで働かせてください」

権左は満足そうに口の端を引き上げ、桐馬の耳元に温《ぬる》い息を吹きかけた。

「いいだろう。だが、よく覚えておけ。うちの法は一つだけだ。ここでは俺が神だ。俺様の役に立て。さもなきゃ死ぬぞ」


桐馬が権左の盗賊団に入ってから、ひと月ほどが経過した。

新月の夜、長年連れ添った兄と袂《たもと》を分かつことになったが、その後も太陽は以前と変わらず昇っては沈み、日々を淡々と刻んでいった。丸みを帯び始めた月が、徐々に欠けていき、そして、再び迎えた新月の夜。

枯れ草に佇《たたず》んだ桐馬は、星の輝く夜空を黙って見上げていた。

「おい、新入り。何をぼうっとしてやがんだ。さっさと飯を用意しろ」

「あ、はいっ」

年長の野盗にどやされて、桐馬は炊事場へと駆け出す。

二百名の盗賊を収容する拠点として、彼らは桐馬の提案により、権左たちが皆殺しにして滅ぼした里の家屋を一時的に使用することにしていた。

その中で、炊事場として使っている小屋へと桐馬は向かう。

途中で火の周りにたむろする幹部連中の脇を通り過ぎると、権左が声をかけてきた。

「おう、新入り。てめえ、なよっちい見た目の割に、結構な働き者だそうじゃねえか。長生きしたけりゃ、これからも俺の役に立て」

「はい。ありがとうございます、親分」

新しく加入した桐馬は、この盗賊団では最も下っ端として、水汲《く》みから、食料集めから見張りまで、あらゆる雑用を押しつけられた。

だが、なんでもそつなくやれる桐馬は、それらをきっちりとこなし、また算術という概念のない彼らに代わって、冬に備えた兵糧の管理と、それに合わせた調理も任されるようになっていた。ちなみに前任の料理番は、汁物を運ぶ際に転んで権左にこぼした罪で惨殺されている。

ここの神は俺だ、と言った通り、この盗賊団は権左の独裁国家だった。権左の言う頭領の器というのは、圧倒的な力と恐怖による完全な支配のことだ。権左が気に入らないことがあれば、その都度、腹いせに何人かが死んだ。

周辺の里の略奪を一通り終えた権左は、また次の地への移動を考えているようだ。獲物を求めて土地から土地へと移り続ける流浪の生活と、権左の恐怖政治は、少なからず盗賊達の心身を蝕《むしば》んでいるが、権左に意見できる者などいない。

「それでは始めましょうか」

炊事場についた桐馬は、他の下っ端とともに、山菜を使った鍋の準備を始めた。

もうもうと立ち昇る煙が屋外へと抜け、やがて夜空へと消えて行く。

「新入り、お前は聞いたか？」

調理中、同じく炊事当番を任されている野盗がふいに尋ねてきた。

「何をですか？」

「夕刻によ。山から獣の吠える声が聞こえただろ」

「ああ、そういえばありましたね」

思い出しながら答えると、野盗は顔を近づけてきた。

「ありゃあ、熊だぜ。ガキの頃に何度か聞いたことがあるから間違いねえ。冬眠前で気が立ってやがるんだ」

「里まで降りてきたら……恐ろしいですね」

桐馬が言うと、相手は辺りを確認した後、肩をすくめて答えた。

「まあ、そりゃおっかねえがよ。うちのお頭は熊と戦って追い返したことがあるみてえだから、大丈夫じゃねえか」

「頼もしい、と言うべきでしょうか」

「逆に言やぁ、熊ですらお頭を追い払えねえんだ。誰もあの人には勝てねえ。俺らは一生、あの人の奴隷だ」

　炊事当番は声を落として言った。

　雑務をやらされているのは、桐馬と同じく下っ端ばかりだ。牛馬のごとく働かされ、少しでも機嫌を損ねると地獄の体罰が待っている。ここには無理やり権左の支配下に組みこまれた野盗も多く、色々と不満も溜まっているようだが、当然そんなことを言える環境ではなかった。

「なあ、新入り。今夜のやつがうまくいったら、お頭も俺らのことを気に入って、扱いもちったぁよくなるかな」

　桐馬は盗賊団での待遇改善に向けて、あることを下っ端の仲間達に提案していた。

「ええ、きっとそうなりますよ」

　桐馬は大鍋をかきまぜながら頷いた。

食事の時間となり、炊事場にぞろぞろと盗賊たちが集まってきた。

膳を受け取った男達は、思い思いに広場に腰を下ろすが、誰一人口をつける者はいない。

頭領の権左が食べ始めるまでは、決して手をつけてはいけないのだ。

桐馬は最後に権左のそばに行って、大ぶりの椀を手渡した。

「親分のはこちらです」

「おう」

器はどこかからの略奪品のようで、漆塗りの立派な造りをしている。権左の料理だけは、牡丹《ぼたん》肉等の獣肉が入った特別仕様で、他の連中とは別の鍋で作るように言われていた。

「おい」

「あ、はいっ」

顎をしゃくられて、桐馬は権左の椀から汁をひとすくいして飲んでみせた。

意外と用心深い権左は、自分が口にする料理は必ず毒見をさせるようにしていた。汁を飲みこんだ桐馬の様子をしばし眺めた後、権左は鼻を鳴らして椀を口に近づけた。

「てめえもだいぶ慣れてきたようじゃねえか、新入り」

「はい、おかげさまで」

「多少は使えるようだから、料理番まで任せてやってんだ。光栄に思えよ」

権左が一口啜《すす》ると、それが食事開始の合図となる。手下の一人がどんと太鼓を鳴らし、残る野盗たちはいそいそと椀を口に運び始めた。

それを確認して、桐馬は同じ配膳係の男たちと目配せを交わす。

どん、どん、と太鼓を打つ音が続いていく。

呼応するように別の者が笛の音を鳴らし始め、里の夜に祭囃子《ばやし》が高らかと響き始めた。

「おい、なんのつもりだ」

盗賊たちがざわめき、権左が眉をひそめると、桐馬は恭《うやうや》しくお辞儀をした。

「親分のために余興を用意させて頂きました」

「余興だぁ?」

笛太鼓の音量が次第に増していく。

新月の夜は月明かりがなく、辺りは暗闇に沈んでいる。唯一、権左の脇に立てられた篝《かがり》火《び》に照らされて、他の下っ端たちが裸踊りを始めた。

えんやこら、と歌う影が、地面でくねくねと揺らめく。

「ぐあっはっは。なかなか気が利くじゃねえか、新入り。略奪も一段落して、ちょうど退屈してたんだ」

「それは何よりです」

上機嫌になった権左に、桐馬はにこやかに応じる。

頭領の満足した様子に、この企画に参加した下っ端連中も一安心した模様だ。

「おい。もっと踊らせろ。見張り連中も呼んでこい」

権左の命令で、幹部の一人が、見張り役を指示されている配下達を呼びに行った。

だが、しばらくして、男は泡を食った様子で転がるように戻ってきた。

「お頭っ、お頭っ、大変です」

「ああ？」

ただならぬ様子に、権左の顔から笑みが消える。

「どうした？　まさか見張りが逃げ出しやがったか？　だったら、お前ら地の果てまで追いかけて必ずぶち殺してこい」

「ち、違うんですっ。死んでるんですっ」

男は慌てた口調で答えた。

「なんだと？」

「全員一撃でやられているみたいでして」

ごくりと喉を鳴らして、幹部の男は言った。

「ま、まさか、熊が出たんじゃ……」

夕刻に山から轟いた熊の鳴き声を、皆覚えているのだろう。

盗賊たちにさざ波のように動揺が広がったが、権左は一人平然と言い放った。

「だからなんだ。熊ごときで狼狽《うろた》えるんじゃゃねえ。馬鹿どもが」

熊と互角に戦うとされる男は、体の向きを変えて、篝火が照らす先を睨んだ。

祭囃子は既に止《や》んでいた。

暗闇から、何かがひたひたと近づいてくる。

禍々《まがまが》しい気配を漂わせながら、それはゆっくりと篝火の淡い光の中に姿を現した。

「てめえ……」

権左は血走らせた眼球を、来訪者に向けた。

そこにいたのは隻眼の男だった。一か月前、権左に完膚なきまでに叩きのめされた亜左弔兵衛が、里の家屋から持ち出したであろう鍬《くわ》を片手に立っていた。その先端にはまだ新しい血がべったりと付着している。

弔兵衛は不敵な笑みで、首をごきと鳴らした。

「盛り上がっているところ悪いが、礼に来たぜ」

「てめえは呆《あき》れた大馬鹿野郎だな。運良く助かった命をわざわざ捨てにきやがった」

権左は椀をずっと啜り、怒りに顔を歪めた。

「おい、てめえら。そいつを片付けろ。こいつごときに俺の手を煩わせるんじゃ――」

そこまで言って、権左は近くで起こっている異常に気がついた。

「うぐうう」

「お……お頭……」

大勢の盗賊たちが、腹を押さえ呻き始めていたのだ。中には激しく嘔吐《おうと》する者や、身を不自然によじっている者もいる。そばにはひっくり返った椀が転がっていた。

「まさか……」

器を拾った権左は、小指をその中身につけて、先をぺろりと舐めた。

すぐさまその獰猛な瞳が桐馬に向いて、獣のごとき咆哮《ほうこう》が放たれる。

「新入り。これはてめえの仕業かっ」

「そろそろ効き始める頃合いだと思っていました」

桐馬は静かに答えて、一本のキノコを懐から取り出した。

それは絹のようにつるりとした光沢を放つキノコで、しめじの仲間によく似た外見をした毒キノコだ。裸踊りをしていた下っ端たちが、何が起こっているのかわからず右往左往する中、桐馬はとびっきりの笑顔を兄に向けた。

「遅いですよ、兄さん」

「最初からそう言っていただろ」

「こっちは一か月も下働きをさせられたんですよ。不平の一つも言わせてください」

弔兵衛と顔を見合わせながら、桐馬は兄と袂を分かった日のことを思い出していた。

一か月前、権左に命乞いをした兄に近づいた時、血塗《ちまみ》れの顔が桐馬に一瞬向いた。

その時、小声でこう言われたのだ。

——次の新月に仕留めに行く。敵に潜んで準備をしておけ。

絶体絶命の状態ながら、あの時の桐馬は高揚を抑えきれなかった。

兄がそう言うならば、そうなるのだから。

「兄さんも人が悪い。命乞いも、いいように殴られたのも、全てはこのための布石だった訳ですね。ほんの少しだけ本気で心配しましたよ」

「はっ、俺がただでやられたことがあったか？」

「そういえば記憶にないですね」

「てめえらっ……」

権左が奥歯をゴリッと噛みしめる音が聞こえた。

指示を受けた桐馬は、弔兵衛と仲違《なかたが》いをしたように見せかけて、一時的に権左の軍門に下った。一か月で盗賊団に溶けこみ、権左の信頼を得て、料理番に抜擢《ばってき》される。後は決行の日に、いつも食べているものとよく似た毒キノコを料理に混ぜるだけだ。

　このキノコは食してから間もなく、激しい腹痛や神経症状に襲われる。毒見を必要とする権左の料理だけはキノコを入れられなかったが、その他の盗賊たちはこれでほとんど無力化できた。無事なのは裸踊りに参加した下っ端と、運良く椀に口をつけていなかった一部の幹部だけだ。

　そして、兄が新月の夜を選んだのは、勿論月明かりがないため辺りが暗く、距離を詰めても見張りに発見されにくいからである。

「しかも、笛太鼓が馬鹿みたいに鳴ってやがったから、見張りを殺《や》ってる間に騒がれても全く気づかれなかったな」

「いい仕事でしょう」

「相変わらずな」

　弔兵衛が口の端を上げて一歩踏み出すと、まだ椀に口をつけていなかった一部の幹部たちが「殺せぇぇっ！」と、いきり立って襲いかかってきた。

「雑魚は任せるぞ、桐馬」

「任されました」

　桐馬が身を翻すと、血飛沫が舞った。炊事場から持ち出した包丁を手に、桐馬は迫りくる幹部たちの間を縫うように駆け巡る。

「あぎゃあっ」「ぐわああっ」「ごあああっ」

あまりにも素早い剣速に、目や喉を切り裂かれた男たちから次々と悲鳴が上がった。

「どけっ」

「ぐげ」

そばにいた幹部の首をへし折って、権左がゆらりと立ち上がった。

篝火に浮かび上がった全身は怒りのあまり小刻みに震え、ひどく紅潮している。鼻息を巻き散らし、獲物を狙って前傾する姿は、まさに猛《たけ》った熊を思わせる。

「新入りっ。てめえの兄貴をぶっ殺した後はてめえの番だ。この世に生まれたことを死ぬほど後悔させてやるっ」

がるるるっ、と低く唸って、権左は弔兵衛に突進した。

キノコ毒のせいでまだ地表に転がっている手下たちを、小枝のようにバキバキと踏み荒らして、暴走する肉の塊が弔兵衛の眼前に迫る。弔兵衛は咄嗟《とっさ》に手にした鍬を振り下ろしたが、権左の鋼の肉体の前に、根本からぽっきり折れてしまった。

「死ねっ！」

権左が振り下ろした右手が、弔兵衛の左肩にめり込む。

「ごふっ」

　勢いに押された弔兵衛に、権左は間髪入れずに次の一撃を叩きこんだ。後は打撃の嵐だ。癇癪《かんしゃく》を起こした子供のような、出鱈目《でたらめ》な暴力が延々と続いた。

　しかし、ようやく攻撃が収まった後、先に声を上げたのは権左だった。

「なんで……なんで倒れねえっ」

　弔兵衛はゆっくりと防御の姿勢を解いて、淡々と答える。

「てめえにゃ、この前散々殴らせてやったからな。おかげで拳の重さも速さも癖も大体覚えた」

「お、覚えただと……？」

「ああ、わかったのは、てめえは力だけだってことだ。受け流すのは大して難しくねえ」

　声を詰まらせた権左を見つめ、弔兵衛は浅い溜め息をついた。

「要は単純馬鹿ってことだ」

「てめええええっ！」

　権左が憤怒《ふんぬ》の形相で、兄に突進する。

　だが、拳が体深くにめりこむ音と共に、権左はあっけなく尻もちをついた。

「な……に……」

腹を押さえながら驚愕《きょうがく》に目を見開く権左の前で、弔兵衛は突き出した自身の右手をしげしげと眺めた。

「まあ、攻撃のほうは一か月の修行じゃこんなもんか。それでもお前ごときはもう敵じゃねえが」

「ぶ、ぶ、ぶっ殺す！」

跳ねるように立ち上がって、権左は歯を剝き出しにして再び襲いかかってきた。

しかし、一歩後ろに下がった弔兵衛は、溜めた拳で、その左肩を強烈に打ち据える。権左が怯んだ隙に再度殴打。方向を変え、速さを調整し、時には力任せに。

殴打。殴打。殴打。殴打。殴打。殴打。殴打。殴打。殴打。殴打。殴打。

「がふぅっ！」

ついに権左が血を吐いて、膝をついた。

信じられない光景に、残った下っ端たちはおろおろと事態を見守っている。

権左も当惑した様子で叫んだ。

「なんだ……なんなんだ、てめえはっ。俺は熊と互角に戦う男だぞっ」

「あー、そうか。あれはそういうことだったんですね」

既に幹部を片付けた桐馬が、そこでぽんと手を打った。

「夕刻に響いた熊の叫び声は、断末魔だった訳ですね。兄さん」

桐馬の言葉を肯定するように、弔兵衛がにやりと笑う。

権左はいまだ膝をついたまま逡巡《しゅんじゅん》していたが、やがて大きく口を開けた。

「……熊の……まさか……まさかっ」

弔兵衛が権左にゆっくり近づいていく。

「てめえの盗賊団が俺の手下と村の農民を殺しやがったせいで、冬眠前の熊が人の味を覚えちまった。次から奴は人間を狙う。まあ、仕上げの修行相手には調度良かったがな」

ぼきぼきと拳を鳴らす兄の姿を、桐馬は奇妙に穏やかな気持ちで眺めた。

兄さんは変化の天才だ。

どんな苦境に陥っても、すぐに状況を受け入れ適応する。

今までも――そして、これからもそうだ。

「なあ、土佐の大将。てめえは熊と互角だってなぁ。悪いが俺は――熊より強《つえ》えぞ」

「ふ、ふふふふっ、ふざけんなぁぁぁぁぁっ！　ここの神は俺だっ」

最後の気力を振り絞って、権左が猛然と向かってきた。

拳を構えた弔兵衛の隻眼が、一瞬鋭い光を湛《たた》える。

「俺の神は、俺だけだ」

大気を抉《えぐ》るように繰り出された拳が、迫る権左の顔面に炸裂《さくれつ》――牙《きば》のように尖《とが》った歯を根こそぎ叩き折った。

「ふべぇぇえっ」

情けない断末魔を響かせて、血糊《ちのり》をまき散らした権左が地面をごろごろと転がる。

なおもゆっくりと近づいてくる弔兵衛に、ひっと悲鳴を上げて、権左は頭を土にこすりつけた。歯と一緒に、心の中の何かもぽっきりと折れてしまったように見える。

「は、はのふっ。ひ、ひのがしてふへ」

「何言ってんだ、こいつ？」

「頼む、見逃してくれ、じゃないですかね」

首をひねる兄に桐馬が説明すると、弔兵衛は納得した様子で頷いた。

「なるほどな。だが、今になって命乞いかよ」

「ほ、ほほにあふたはらはふぇんふはふっ」

「だから、わかんねえっつうの」

「ここにある宝は全部やる、では？」

「桐馬。お前よく理解できんな」

「まあ、なんとなくですが」

弔兵衛は権左の後頭部を見下ろしながら、腕を組んだ。

「まあ、なんだかんだ前の時はこの野郎に見逃してもらったからな」

「ほ、ほへひゃあ」

権左が希望に満ちた目で弔兵衛を見上げると、兄は桐馬に視線を寄越した。

「だが、俺はお宝に加えて、こいつを一か月も貸し出したんだ。土佐の大将。てめえにそれと同等のものが差し出せんのか」

「ほ、ほへのへしたをへんふやふっ」

「俺の手下を全部やる、と」

通訳すると、弔兵衛の片目がすっと細くなった。

「おいおい、ここの有象無象どもと、俺の弟が釣り合うとでも思ってんのか。ああ？」

「兄さん……！」

桐馬の胸に温かいものが広がる一方で、権左はその剣幕にすっかり萎縮してしまっている。たった一か月で別人のごとく変貌した目の前の男に、ただただ理解が追いついていない様子だ。それはおそらく権左が初めて感じる恐怖だったのだろう。

「ふぃいっ」

「多分、ひぃいっ、かと」

「悲鳴まで訳してどうすんだよ」

弔兵衛は薄く笑って、カタカタと震える権左を睥睨《へいげい》した。

「まあ、正直てめえにゃちょっと殴られた程度の恨みしかねえ。むしろ俺が更に強くなるきっかけになったくれえだ」

その言葉に安堵《あんど》の表情を浮かべた権左に、兄はこう続けた。

「だが、俺は学んだ。敵の大将を生かしておくと、ろくなことがねぇ。なあ、桐馬」

「はい」

桐馬の持つ包丁が、滑らかに夜を裂いた。

ストン、と軽やかな音がして、蹲ったままの権左の首が落ちる。

周囲を取り巻く下っ端たちと、キノコ毒に中《あた》った盗賊たちが悲鳴を上げた。

「なかなかいい腕じゃねえか、桐馬。お前、処刑人に向いているんじゃねえか」

「変なことを言わないでください」

弔兵衛は盗賊たちに向き直って、大声を張り上げた。

「てめえらの大将は討ち取った！　さあ、てめえらはどうする？　選ばせてやる。俺の下につくか、それとも死ぬか」

「兄さん、それじゃあ選択の余地がありませんよ」

「ああ？　じゃあ、まあいい。去りてえ奴は勝手に去れ。残りてえ奴は残れ。これからはここを俺たちの拠点にする」

その号令に、下っ端の野盗たちは弾かれたように弔兵衛の周りに集まった。毒キノコを口にした他の盗賊も、脂汗《あぶらあせ》を額に浮かべながらも弔兵衛の前に跪《ひざまず》く。人数が多かったためか、それだけ毒が薄まっていたようだ。

「おい、なんだ。誰も去らねえのかよ」

やや拍子抜けした様子の弔兵衛に、桐馬は諭すように言った。

「この状況で逆らえるはずがないでしょう。それに流浪の生活と、権左の横暴に、皆疲弊していたようです。そんな中で現れた兄さんは、差し詰め救世主というところでしょう」

「はっ、馬鹿言うな。俺が救世主なんていう柄かよ」

――いいえ、少なくとも僕には……。

桐馬は口から出しかけた言葉を飲みこむ。

弔兵衛は篝火を持ち上げると、夜空に高々と掲げた。

「よーし、お前ら。ここに盗賊の村を作る！　俺たちの国だ！　わかったか、野郎ども！」

うおおおおっ、と低い唸り声が集団から上がった。

結局いつも通りだ。

どんなに困難な場面に見えても、兄はすぐに状況を飲みこみ、適応し、最終的にはその場を支配するに至る。

「俺たちは俺たちが生きたいように生きる。誰にも邪魔をさせねえ。なあ、桐馬」

「はい、兄さん」

桐馬は勢いよく頷いて、空を見上げた。

新月の夜は、月の明るさがない分、星は良く見える。

目を凝らすと、いつもの場所に並んだ二つの星が、寄り添うように明るく瞬いていた。

第三話

心動かすもの

「う、うーん……」

神仙郷《しんせんきょう》、上陸初日の夜。森にある大木の空洞《うろ》の中で、ふくよかな身でごろんと寝返りをうった山田《やまだ》浅《あさ》ェ門《えもん》仙汰《せんた》は、うっすらと目を開けた。

裸眼ゆえ視界はぼんやりしているが、まだ外が暗がりに満ちていることはわかる。

——そろそろ、見張りの交代かな……？

上陸からしばらくして、同じ山田浅ェ門の佐切《さぎり》や源嗣《げんじ》と行動をともにすることになり、夜は交代して休みを取ることにしたのだ。

仙汰は腕を伸ばして地面をまさぐり、自身の眼鏡《めがね》を探し当てた。

横になったまま眼鏡をかけると、しなやかな曲線を描いた、くの一の背中が、闇の中にうっすらと浮かび上がる。

仙汰の監視対象である、傾主《けいしゅ》の杠《ゆずりは》。

すぅすぅと気持ちよさそうに寝息を立ててはいるが、本当に寝ているのかはわからない。

なぜなら、彼女はよく嘘《うそ》をつくからだ。

短い付き合いの中でも、それくらいのことは仙汰にもわかった。

そして、同時に、彼女がとても正直であることも。

他人は欺く。だけれども、自分にはどこまでも正直に。

──それは……僕にはないものだ。

仙汰は、杠の背中から、しばらく目を離すことができなかった。

今胸に抱いている想いに、仙汰はいまだ明確な言葉を与えられずにいる。しかし、島への上陸からたった半日で、任務に臨む自身の姿勢が変化し始めていることに、小さな驚きを覚えていた。

最初のきっかけになったのは、神仙郷上陸から間もなく起こった一つの事件である。

──好きなもの。

故郷の家族。

金平糖《こんぺいとう》。

北尾《きたお》重政《しげまさ》の画本。

幼い頃から、画家になりたかった。

驟雨《しゅうう》に濡れた紫陽花《あじさい》。木の芽を啄《ついば》むつがいのスズメ。春の野山を躍動する子兎《こうさぎ》。

ただ、美しいものを、美しいままに描き出したかった。

しかし、我が家の男子は山田家の門下に入るのがしきたりであり、逆らうことは許されなかった。手に持つ絵筆は、研ぎ澄まされた日本刀に代わり、絵の具の紅《べに》は、罪人の赤い血潮《ちしお》へと変化した。

美しさを紡ぎ出したかった指先は、今やべったりと血に濡れている。

本当は山田家も、御様御用《おためしごよう》も嫌いだ。人を殺すのは大嫌いなのだ。

だから、罪人とともに仙薬《せんやく》を探すこのお役目だって、どうでもいいと思っている。

「狸《たぬき》くん、遅いよー」

「あ、すいません」

仙汰は顔を上げて、歩く速度を速めた。

地上の極楽と称される神仙郷へ上陸し、軽く島内を回ろうとした矢先のこと。

少し前で立ち止まって、こちらを振り返るのが、仙汰の監視対象だ。

引っ張り上げるように後ろにまとめられた髪。引き締まった肢体。大胆に肌を露出した忍《しのび》装束をまとった女。

傾主の杠。

鷺羽城《さぎわじょう》侵入事件の下手人であり、城内侵入及び城主家臣への傷害のかどで死罪を受けている。

今回の役目に臨むに当たって、仙太は彼女の担当を選んだ。理由は自分でもよくわからない。どうでもいいお役目だと思っていたから、万事に適当そうな相手を選んだのか。それとも彼女に何かを感じたのか――

仙太はそこで首を振った。

罪人に思いを馳《は》せる必要はない。彼らの人となりを知ったところで意味などないし、興味を持つだけ無駄だ。それはこれまで処刑してきた罪人についても同様である。

ただ心を閉ざし、淡々とその首筋に向けて剣を振るうだけ。

処刑執行人としての生活を送る中で、自分はいつしかそうなってしまった。付知《ふち》など気の合う同僚とお茶を飲む時間は嫌いではないが、もう子供の頃のように、美しい風景に、眩《まばゆ》い輝きを放つ生命に、心を躍らせ、涙することなど二度とないのだろう。

杠のもとに辿《たど》り着くと、彼女はじっと仙汰を見つめてきた。

「あの、なんでしょうか？」

「いやさ、狸くんって顔が暗いのよね。こっちまで気が滅入《めい》るから、その顔なんとかしてくれない？」

「えっと、これは生まれつきで」

「そうかなー。なんだかお面を被《かぶ》っているみたい」

「……はは」

仙汰は愛想笑いで応えて、眼鏡の端を指で押し上げた。

いけない。仕事自体は勤勉にこなしてきたつもりだが、態度に出ていただろうか。

そういえばこの島まで小舟で移動している最中も「本当はこの役目も、山田家《おいえ》のことも
どーでもいいって口でしょ」――そう杠に言われた。単なる当てずっぽうなのか、仙汰を
陽動するためか、それとも本当にずばりと本質を見抜いたのか。

――一応、注意しないと。

可憐《かれん》な見た目をしているが、彼女は異能とも言うべき力を持つ、幕府が認定した朱印の
罪人である。下手な隙を見せないようにしないといけない。仙汰は改めて気を引き締める
のだった。

「それで、杠さん。どのように仙薬を探しますか？」

「別に探すつもりないけど」

「え？」

突然の宣言に、仙汰はしどろもどろになる。

「何を言っているんですか。仙薬を手に入れなければ、無罪放免は得られないんですよ」

「仙薬がいらないとは言ってないわよ。私が探す必要はないって言ってんの。そんなものより先にみんなの舟を探そうよ」

「ますますわからないんですが……」

「頭が固いなぁ、狸くんは」

困惑していると、杠はぴょんっと小さく跳ねて仙汰のすぐ目の前に降り立った。

端正な小顔が、息のかかるほどの距離に近づく。

「仙薬探しは他の人に頑張ってもらう。私は最後にそれを頂いて持って帰る。そういう素敵な話をしてるんじゃない」

「えっと……つまり、手柄を横取りする、という訳ですか？」

「人聞きが悪いわね。やっぱ仙薬探しって大変そうじゃん。悪名高い罪人たちが血眼《ちまなこ》になって争う訳だしさー。激しい闘争が巻き起こり、多くの者が倒れる。残った一人《ひとり》もきっと満身創痍《まんしんそうい》になる。だから、弱り切ったそいつを最後にさくっと倒して、代わりに本土に持って帰ってあげる。それで万事解決！　みんな幸せ！」

「絶対みんな幸せではないと思いますが……結局、手柄を横取りするんじゃゃ……」

「そうとも言うわね」

杠は、にぱっと笑った。仙汰は一歩下がって咳払いをする。

「ああ。それで、まずみんなの舟を探す訳ですか」

「へぇ。鈍そうに見えるけど、意外と勘はいいのね。狸くん」

「それはどうも……」

つまり、こういう訳だ。

今回仙薬探しに臨む罪人たちは、沖に停めた幕府の船から小舟を使って、それぞれ違う岸からこの島へと入った。仙薬を手に入れた後は、その小舟で沖合いの幕府の船まで戻る流れになっている。

杠の提案は、罪人たちが仙薬探しに勤しんでいる間に、海岸をぐるりと巡り、岸辺に停めているであろう彼らの舟を破壊してまわるということだ。そうして、杠と仙汰が乗ってきた小舟だけを残す。

最終的に仙薬を手に入れた罪人が、本土に帰るためには必ず舟が必要になる。自分の舟が破壊されているのを知った後は、弱った体に鞭《むち》打って、なんとか残った舟を探すために海岸を巡るはず。

「それを見越し、この付近に隠れておいて、現れた満身創痍の罪人から仙薬を奪い取ると」

「ご名答！　さすが眼鏡」

「眼鏡は関係ないですが、却下です」

「えー、なんで？　それが一番楽じゃん」

露骨に肩を落とす杠に、仙汰はこほんと咳払いをして言った。

「幕府は非時香実《トキジクノカグノミ》を探させるために、あなた方を送りこんだのであって、横取りをさせるためではありません。それに仙薬を手に入れた罪人が、残った舟を探し回るとは限らないですよね。この島には見ての通り、木が豊富にあります。自ら筏《いかだ》を作ってさっさと島を出られたら？　こちらは単なる待ちぼうけで終わってしまう危険があると思いますが」

「それでも下手に島の奥に足を踏み入れるより、生き残る確率は高いと思うけど。ちょっと森に入ってみて思ったけどさー。明らかにやばそうじゃん、この島」

「………………」

仙汰は無言で辺りを見回した。現在地は海岸線から少し内陸に入ったところで、周囲には鬱蒼《うっそう》とした森が広がっている。

確かに違和感はある。多種多様な植物が生い茂っているが、仙汰の見る限り、種類や生息地に一貫性がなく、ばらばらに混在しているように見える。子供の頃にたくさんの風景や生き物を描いてきたからわかるが、これは自然な美しさではない。

あるべき法則を無視した、言うなればひどく人工的で作為的な自然――

「それにさっき気持ち悪い虫も見かけたんだよね」

杠はげんなりした様子で言った。

「虫？」

「あ、ほら。あの繁みの奥で飛んでる奴《やつ》」

それはひらひらと舞う一匹の蝶《ちょう》だった。やや大ぶりで、うっすらと鱗粉《りんぷん》を散らしながら葉と葉の間を飛んでいる。

仙汰は目を細めて対象に焦点を合わせ、反射的に身を一歩引いた。

「……っ」

顔がある。どこか邪悪な面持ちを浮かべた人面の蝶。

そして、尾部にはまるで蜂のような鋭利な針がついていた。

こんなものは今まで見たことがない。

「な、なんですか。あの生き物は……？」

「ね、どう見てもやばいっしょ。他にも人面ムカデみたいなのもいたしさ。だから、私の提案通り、引き返して海岸でのんびり待っていたほうがいいって」

「それでも却下です。上意は上意ですから」

額《ひたい》の汗を拭って言うと、杠は大きく溜め息をついて肩をすくめた。

「まじめだなー、狸くんは」

「それだけが取り柄ですから」

「……」

杠は一瞬なんとも言えない表情をしたが、やがて諦めたように嘆息した。

「あー、もう、わかったよ。だったら協力くらいはしてもらうわよ」

「協力？」

「今、私たちに圧倒的に足りないのはなあに？」

試すような視線に、仙汰は一瞬思考を巡らせた。

「戦力……いや、情報ですね」

「さすが眼鏡。島を攻略すると決めたなら、最も優先すべきは情報収集よ。地形はどうなっているのか。どこにどんな生き物がいるのか。どんな植物があるのか。渡された仙薬の見た目だって怪しいもんだし、帰ってきた与力《よりき》が花になった謎もわかってないしさ。得た情報をまとめていって欲しいのよ。できるでしょ、眼鏡だし」

「眼鏡は関係ありませんが、そういうことなら異論はありません。目的達成の助けになるなら、協力させてもらいます」

仕事は仕事として、きっちりとこなす。余計なことは考えない。そうやって生きてきた。

——それにしても……。

仙汰は再び歩き始めた杠を横目で眺めた。漁夫の利を得るようなずる賢い提案をしたと思ったら、情報収集という堅実な道を示したりもする。

いまいち彼女という人間が摑《つか》み切れない。

——いや……それでいいのだ。

仙汰は首を振った。罪人は罪人。どんな人間だろうが、どうでもいい。興味を持つ必要などない。今までそうやって過ごしてきたし、これからもそうだ。

地形や周辺の植物を帳面に記録していると、ふいに横から杠が覗《のぞ》きこんできた。

「うわ、うまっ。なんでこんなうまいの」

「恐縮です」

絵描きを目指した過去は当然明かさず答えると、杠がぴんと人差し指を立てた。

「あっ、いいこと思いついた。私を描いてよ」

「……どうして僕がそんなことを？」

「だって、輝いてる自分を残しておきたいしさ。ねっ、お願い」

「それは目的達成に役立つのですか」

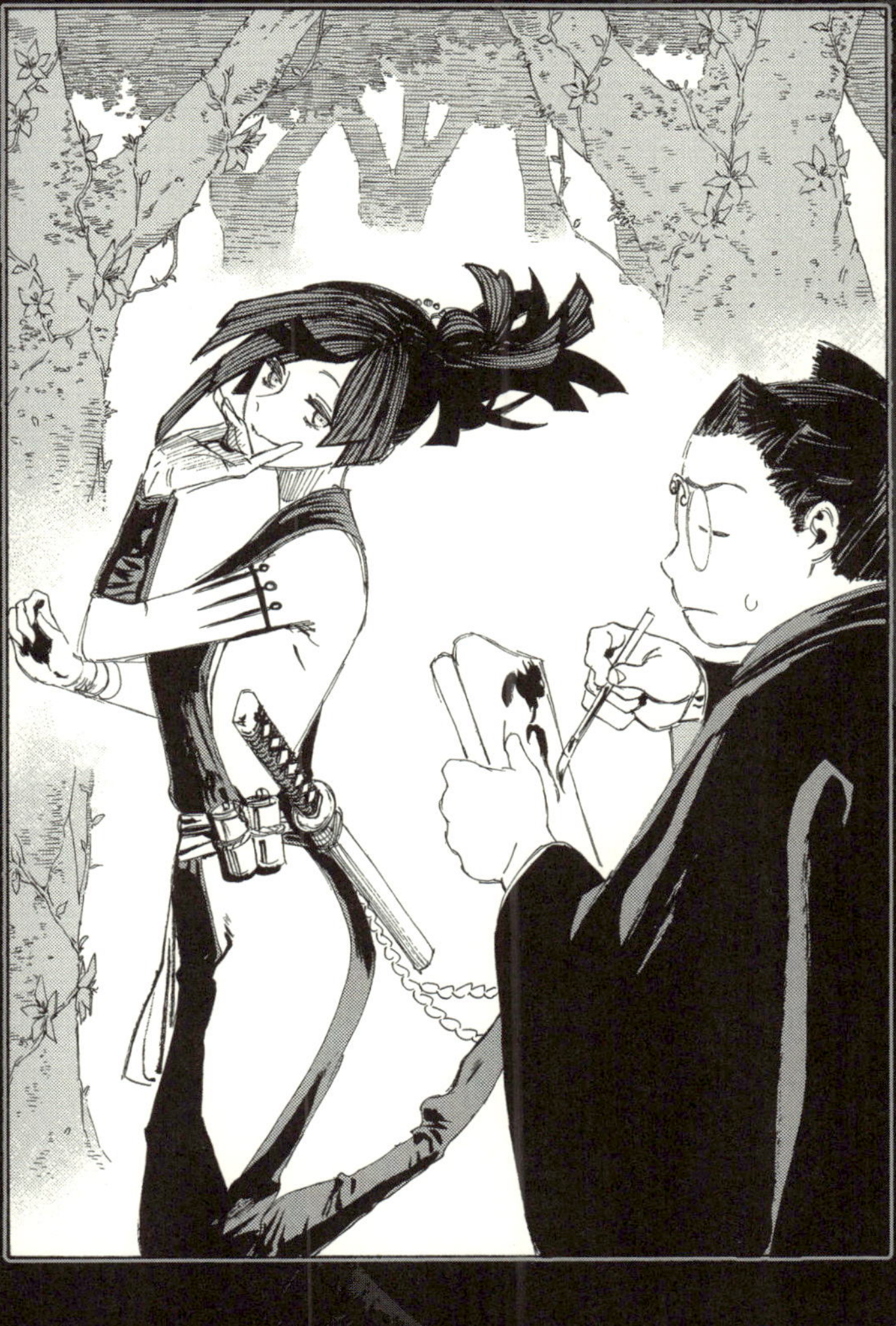

「立つ。めっちゃ立つ。可愛《かわい》く描かれたら、私のやる気が出る」

杠は体を斜めに向け、芸者よろしく傘を持つような姿勢を取った。

「…………」

仙汰は深い溜め息をついて筆を持ち上げた。

揺れる木洩《こも》れ日《び》。美しく微笑《ほほえ》む女。

静謐《せいひつ》な森で、絵筆が紙をなぞる音だけが響く。

しかし、しばらく筆先を彷徨《さまよ》わせた後、仙太は帳面をぱたんと閉じた。

「……やはり、やめましょう。こんなことをしている暇はありません」

「あ、もうっ。つまんないなー」

杠の文句を耳にしながら、仙汰は薄く帳面を開いて、途中まで描かれた絵を眺めた。顔の輪郭や体の線は描いているが、表情がのっぺらぼうのように真っ白だ。

絵とは対象の観察であり、外面のみに囚われない内面への興味である。特に人物画は描き手が相手をどう見ているのかが如実に現れる。興味を持ってはいけない。心を殺し、罪人を殺し続けた自分に、その顔を描き入れることはできない。

しばらく森を歩いたところで、ふいに杠が立ち止まった。

「うげ、また変なのがある」

杠が指さした先には、奇妙な石の像が無造作に転がっていた。一見すると如来《にょらい》像のようだが、首には骸骨をぶら下げ、広げた手足には巨大な蛇がうねうねと絡みついている。

仙汰は思わず眼鏡の端を持ち上げた。

「確かに、変ですね……！」

「でしょー。趣味が悪いっていうか」

「いえ、変というのは宗教的な意味です」

「……？」

小さく首をひねる杠に、仙汰は続けた。

「この像自体は、如来像に近いものだと思います。頭に螺髪《らほつ》が表現されて、衲衣《のうえ》姿という点からもそう考えるのが自然でしょう。ですが、肉髻《にっけい》や白毫《びゃくごう》がなかったり、左肩が出ているという点には大きな違和感を覚えます。衲衣の向きが反対なんです。こんなことは普通あり得ない」

「えーっと？」

「いや、それ以上におかしいのが付属物です。髑髏《どくろ》の首飾り、両手に巻きついている蛇。これらが如来像と合わさっていることには不自然さしか覚えません」

「あの、狸くん……？」

「これらの意匠はどちらかというと、庚申《こうしん》信仰の本尊たる青面金剛《しょうめんこんごう》を想起させますよね。無論、庚申信仰は、我が国では仏教的要素の強い複合的な民間信仰と捉えることができますが、本来は大陸の道教《どうきょう》思想に基づいた三尸《さんし》説《せつ》が基礎になっていて――」

「ねえってば。さっきから何言ってんのか全然わかんないんですけどー」

「あ、わっ、すいません」

我に返った仙汰は、慌てて手を振りながら、

「つまり、この石仏には、仏教や道教の要素が不自然に混ざり合っているというか。宗教的な整合性に著しく欠けているんです」

「ふぅん……」

杠はじっと仙汰を見つめてきた。

「宗教に詳しいんだね、狸くんは」

「ああ、いえ……」

仙汰は杠から顔をそらすようにして答えた。

人殺しを生業《なりわい》とする生き方を、なんとか正当化しようと足掻《あが》いた時期もあった。

そうして辿り着いたのが宗教だったのだ。魂の救いが、すがりつく何かが、自分には必要だったから。勿論《もちろん》、杠にそんなことは言えないが。

そういえば——と仙汰は思う。

宗教と言えば、今回の罪人の中にも、宗教に関係する者がいた。

「ねえ、そこの二人《ふたり》、ちょっと待ってくれない」

ちょうどそう考えていた時、後ろから甘ったるい声がした。

「そこのくの一と、眼鏡。アンタたちに言ってんの」

振り返ると、下生えを踏み分けてこちらに近づいてくる人物がいる。

口調の割に、上背のある男で、編みこんだ髪を両肩に垂らし、黒い法衣《ほうえ》のようなものを羽織っていた。

首にかけた逆さ十字架が、木洩れ日にちかちかと瞬いている。

「茂籠《もろ》、牧耶《まきや》」

仙汰はその名を呟《つぶや》いた。

上陸して早くも別の罪人と遭遇することになってしまった。

男の後ろからは、白装束を身にまとった浅黒い肌の大柄な男がついてきている。

牧耶の監視役である山田浅ェ門源嗣だ。

「あー、茂籠牧耶って、女みたいに話す変な奴ね。あいつって何やったの？」

隣に立つ杠がひそひそと尋ねてくる。

「ころび伴天連《ばてれん》、茂籠牧耶。異教信仰の流布《るふ》、及び集団洗脳による討幕を企てたかどで死罪を受けた罪人です」

「ふーん」

宗教に関係する罪人というのが、今、目の前にいる茂籠牧耶だ。

キリスト教、仏教、神道《しんとう》、修験道《しゅげんどう》など様々な宗教を継ぎはぎしたような独自の宗教体系を作り上げ、教祖として君臨していた男。伴天連というのはキリスト教の宣教師のことで、元々は牧耶も敬虔《けいけん》なキリシタンだったらしいと、以前に担当の源嗣が言っていたことがあった。

「…………」

すぐそばまでやってきた牧耶を、杠は黙って見上げている。場の緊張が徐々に増し、空気がひりつく。いよいよ、朱印の罪人同士の削り合いが始まる。

仙汰が身構えると、

「ねえ、アタシと協力しない？」

牧耶から出た言葉は予想外のものだった。

ころび伴天連は、監視役の源嗣を振り返る。

「結託は別に問題ないでしょ？」

「俺は単なる監視役だ。罪人同士揉《も》めるも組むも好きにしろ」

腕を組んで答える源嗣だが、その目は杠にちらちらと向いている。

源嗣は昔から女性に弱いのだ。

牧耶は怪しげな微笑を浮かべて、語りかけてくる。

「アンタの名前は？」

「杠だよ」

「ねえ、どう、杠？　ここがどんな島かわからないし、情報を集めるためにも手を組まない？　勿論、やり合いたいなら応じるけど、お互い無駄な体力の消耗は避けたいでしょう？」

情報収集を始めようとした矢先のありがたい申し出ではあるが、果たして信用できるのだろうか。なんせ牧耶は、信者の集団洗脳で刑を宣告された男だ。

仙汰は杠の反応を窺《うかが》ったが、彼女は拍子抜けするほどあっさりと承諾した。

「もちろん！　よろしくね、まっきー」

微笑む牧耶と、弾ける笑顔の杠。

こうして、上陸から程なくして、罪人同士の危うい共闘関係が形成されたのだった。

しかし、一刻後《いっときご》。

杠と茂籠牧耶の間には、早くも剣呑《けんのん》な空気が流れていた。

「アンタ、可愛い顔して結構な無茶をやってくれるわねぇ」

「ごめんってば、まっきー。ね、謝ってるじゃん」

額に青筋を浮かべた牧耶に、杠が両手を合わせて頭を下げている。

「でも、まっきーにこっちの情報は渡したでしょ」

「植物や石像の説明なんて聞いたところで、なんの足しにもならないわ。そんなものでチャラにしようというつもり？」

「協力しようって言ったじゃん。まずは情報収集が大事って意見も一致したし」

「やり方が良くなかったわねぇ」

牧耶の口調と視線に、冷たい殺気が混じる。

しかし、それもさもありなん、と脇で聞いている仙汰は思った。

杠は牧耶との共闘に当たって、こちらがこれまでに集めた情報を渡す代わりに、牧耶側にも新たな情報の提供を求めた。

それは森で見かけた奇怪な生き物――人の顔を持つ蝶の観察。

結果として牧耶は人面蝶の鱗粉を間近で浴びることになった。量が少なかったためか、大した障害はなかったが、牧耶としてはいい実験台にされたようなものだ。

杠は取り繕うように、まくし立てる。

「でも、ほら。まっきーのおかげで貴重な情報も得られたし。あのキモい人面蝶の鱗粉には、どうやら毒の成分が含まれているらしいことがわかったじゃん。本当、超助かるー」

「他に言い残したいことはある？」

牧耶はゆっくりと右手を上げた。

あの爪《つめ》だ。

五本の指に備わった長く鋭利な爪で、選別の際の罪人や、ここに来る途中の幕府の船で役人を切り刻むのを仙汰は見た。

二人の距離が徐々に縮まり、杠の背中に緊張感が漂う。

今度こそ決闘が始まる――争いが飛び火した時のために、仙汰の手が刀の柄《つか》に伸びた。

だが――

「……なんてね」

ふいに微笑んで、牧耶は手を下ろした。

「ふふ、驚いた？　別に怒っていないわ」

目をぱちくりと瞬かせる杠に、牧耶は言った。

「だって、どうせアタシが死なないのはわかっていたし」

「……どういうこと？」

杠が怪訝《けげん》な表情を浮かべる。

「なぜなら、まだアタシは天命を果たしていないからよ」

「…………」

ずい、と牧耶はその顔を杠に寄せた。

「この世には二種類の人間がいる。天命を持って生まれてきた人間と、そうでない人間。アタシは前者、アンタは後者」

「よくわかんないんだけど」

「アンタ、人が死んだらどうなるか知ってる？」

「さあ？　死ねば土に還《かえ》るだけじゃない」

「ノン。アタシは魂のことを言ってるの」

「そんなの知る訳ないじゃん。死んだことないしー」

とぼけつつも、牧耶の醸し出す奇妙な迫力に、杠の足が一歩後ろに下がった。

牧耶の瞳が、今度は監視役の仙汰に向く。

「眼鏡。この中じゃ、アンタが一番わかっていそうね。どうかしら？」

「……その、様々な解釈がありますが、死後には死後の世界があるというのが、多くの宗教で共通している考え方かと。内容は多岐に亘《わた》りますが、典型的な世界観としては、極楽または天国という苦しみから解放された世界と、地獄または奈落とも言う苦しみに満ちた世界があるとされることが多いようです」

眼鏡の位置を直しながら仙汰が答えると、牧耶はうっすらと笑みを浮かべた。

「そうねぇ。じゃあ極楽と地獄、行き先はどうやって決まるの？」

「ええと……一般的には、生前の行いや、信心の強さが影響するとされていますが……」

応じながら、仙汰は胸に鈍い痛みを覚える。

もし、生前の行いで冥界の行き先が決まるとすれば、人殺しを生業にしている自分たちは一体どうなるのか。

牧耶は満足そうに頷いて、杠に向き直った。

「アンタは極楽と地獄、どっちに行きたい？」

「そりゃあ、どっちかって言われたら極楽に決まってるじゃん」

「無理よ」

「えっ、なんで？　こんなに行いが良いのに」

「行いが良い奴が死罪になるか」

源嗣が冷静に突っこんだが、その口調はやや硬い。

死罪人と処刑人。

南海の極楽浄土と呼ばれる島には上陸したものの、いざ考えてみると、この中で死後に本当の極楽に行けそうな者は一人もいない。

だが、牧耶は一人、穏やかな表情で一同に語り掛けた。

「無理というのは、そういうことじゃないの。良い行い、悪い行いなんて死後の選別には関係ない。なぜなら極楽に行ける者は、生まれながらにして決まっているからよ」

「え？」

仙汰が思わず顔を上げたのと同時に、牧耶は枝の間から覗《のぞ》く天を仰いだ。

「それは天命を持って生まれてきた者。そういう者だけがこの世で天命を果たし、そして極楽へと導かれるの」

「まっきーが、そうだって言うの？」

「ええ。太閤秀吉《たいこうひでよし》しかり、大権現（徳川家康《とくがわいえやす》）しかり。天命を持って生まれてきた者は、それを果たすまでは死なないようになっている」

杠の問いに、牧耶は当然のように頷《うなず》いた。

天下人となった人物を自分と同列のように挙げるとは、傲岸不遜《ごうがんふそん》と言わざるを得ない。しかし、その胸に染み入るような声色と佇《たたず》まいには、不思議な説得力があった。

「ふーん……」

杠は指を唇に当て、にぱっと笑顔を作った。

「じゃあさ、もう一つ情報収集に協力してよ。今度は人面ムカデの観察はどうかなー」

「…………」

「近くに行っても襲ってこないか試しておきたいの。今度はまっきーが逃げられないように木に縄で縛っちゃったりして。別に大丈夫でしょ？　まっきーは死なないんだし」

杠は試すように言って、牧耶を見上げた。

冷静な対応だ、と仙汰は感心した。牧耶の勢いに飲まれそうなところだったが、相手の論理をうまく利用して情報収集に繋《つな》げた。例の明らかに危険そうな生き物の生態は、今後野宿することを考えると、ぜひ把握しておきたいところだ。

どう出るかと思ったが、牧耶は意外とあっさり了承した。

「……いいわ。だけど、アンタの言うことを聞くのはこれが最後よ。天命を果たす上で、あまり余計なことをしていると道が濁っていくから」

「じゃ、決まりね！」

杠はうきうきした様子で、牧耶を人面ムカデの近くの木に縛りつけた。

「今さら泣き言は言いっこなしだからね、まっきー」

「……ふん」

距離を取って、しばらく様子を窺っていると、牧耶のそばに人面ムカデの一群が近づいていった。無数の足をうねうねと動かしながら、幾つもの奇々怪々な人面が、生贄《いけにえ》に群がり始める。

牧耶の顔にも、ほんのりと怯《おび》えが浮かんでいるように見える。

誰かがごくりと喉を鳴らした。ムカデたちはすぐにでも牧耶を覆いつくし、その身を喰《く》らい尽くすだろう。

そう思ったが――

「嘘……」

小さく声を上げたのは杠だった。巨大なムカデたちは、牧耶に一切の害を与えることなく素通りしていったのだ。まるでそれが初めから決まっていたかのように。

「もういいわよね」

牧耶は静かに言って、首をこきと鳴らした。

その爪によって、縛っていた縄をあっという間に切り裂く。

「別に怖くはないけど、気持ち悪いのはもう勘弁ねぇ。思わず身震いしちゃったわ」

「ほ、本当に……？」

首を回しながらゆっくりと近づいてくる牧耶に、杠が気圧《けお》されるように後退した。仙汰も自然に体がこわばるのを感じる。

牧耶はあのムカデが人肉に興味を示さないということを知っていたのか？

思わず源嗣の顔を見るが、同僚は驚いた様子で小さく首を振るだけだ。仙汰たちと合流する前に、牧耶がそれを確かめるような行動はなかったようだ。

——だとしたら……。

牧耶には確証はなかったはずだ。しかし、確信はあった。

天命を帯びた自分が、それを果たす前に死ぬはずがない、と。

——いや、そんなまさか……。

「アタシは昔キリシタンだった。父も、母も、兄弟も、とても慎み深くて、敬虔な、非の打ちどころのない信徒だったわ」

静寂の森に、牧耶の発する声が厳かに響き渡る。

「でもね、幕府の弾圧でみんな死んだ。みんな、みんな死んだ。その中でアタシだけが生き残った。その時、思ったことがあるの。ああ、神は善行なんか見ていないんだって。そんなもので天国に行く者を選んでいないって。だって、みんなあんなに一途《いちず》に祈りを捧げていたのに、それはもう地獄に落ちたようなひどい死に顔だったのよ」

くくくく、と低い声で含み笑いが漏れた。

流れた断雲が日を遮り、俯《うつむ》いた牧耶の表情は、黒く塗りつぶされている。

「そして、同時にアタシは悟ったの。選ばれし者はアタシだったということを。だって、みんなと同じように起きて、お祈りをして、食べて、眠って。なのにアタシだけが生き残った。死罪を宣告されても、結局こうして今も生きている。それはアタシが果たすべき使命を持って生まれてきたから」

牧耶は大きく両手を広げた。

その体が実際以上に大きく見え、たゆたう声が鼓膜《こまく》を震わせる。

「あなたの天命というのは、討幕ですか？」

やっとのことで、仙汰は唇を動かした。

牧耶の罪は、異教信仰の流布、及び集団洗脳による討幕の扇動だったはずだ。

親兄弟を殺した幕府を打ち滅ぼすことが牧耶の目的だった？　個人的な復讐《ふくしゅう》を大義に言

い換えた身勝手な論理にも見えるが、牧耶の姿には奇妙な説得力がある。

しかし、男はがっかりしたように吐息を漏らした。

「これだから哀れな民は……討幕なんて単なる手段に過ぎないの」

「……？」

仙汰が眉をひそめると、牧耶はこう断言した。

「アタシの天命は、全ての人間を極楽に導くこと」

「……！」

「天命を持って生まれてきた者だけが極楽に行くなんて不平等でしょう。だから、アタシが神の代わりに、哀れな子羊《こひつじ》たちに天命を与えてあげることにしたの。無論、アタシと違って生まれ持った者ではないから、道半ばで倒れることはある。それでもただ無為に生きて、地獄に落ちるより、救いがあると言えないかしら」

その声が次第に熱量を帯びていく。

「極楽浄土と称される神仙郷に、こうしてアタシは導かれた。これぞ選ばれし者の証。全ては初めから決まっていたの。仙薬を手にして、それをアタシが口にする。生きながらにしてアタシが神になる。地上の極楽から、天上の極楽へと民草《たみくさ》を導くの！」

まるではかったように雲間から太陽が再び顔を出し、牧耶を祝福するかのごとく、その全身を照らし上げた。

教祖は神々しい光の中で、美しく微笑んだ。

仙汰はどうして牧耶が協力を申し込んできたのか、今更ながら理解する。

牧耶はこの島に、新たな教団と信者を作り上げる気なのだ。不死の教祖に率いられた、極楽浄土を夢見る集団。その最初の信者候補として、杠や仙汰が選ばれた。

牧耶の首にかかった逆さ十字架。それにこれみよがしな女口調は、この世のあるべき規範に対する反逆か。

普通なら荒唐無稽《こうとうむけい》な話だと切って捨てるところだが、迫力のある牧耶の佇まいにその場の誰もが言葉を発せずにいた。

——ん？

仙汰はふと背筋を伸ばして、辺りの様子を窺った。

「地震……？」

揺れている。唸《うな》り声《ごえ》のような音とともに、大地が緩く振動している。

ズゥウン……ズゥウン。

音が次第に近づいてきて、振幅が大きくなっていく。

「うおっ！」

同じく辺りに首を巡らせていた源嗣が、突然声を上げてその場に座りこんだ。

「どうしました、源嗣さ——」

「しっ」

源嗣は口に人差し指を当てて、身を低くした。

額に汗が滲《にじ》んでいる。恐る恐る指さす先を見て、仙汰は危うく眼鏡を取り落とすところだった。

「あれは——」

「何、あれ……」

「幻を見ているのか」

杠と源嗣の驚愕《きょうがく》が後に続く。

木々の間を何か大きなものが、ずしん、ずしんと歩いている。巨人と言っても差し支えのない見上げるほどの巨体をしているが、頭の位置には大きな蛙の面《つら》が乗っているのだ。

人の体に、蛙の顔。

作り物のようにぬらぬらとした質感の肌。空虚な黒い目が小刻みに動いている。

それが、ゆっくりと距離を詰めてきた。一同が固唾《かたず》を飲んで成り行きを見守る中、平然と立っているのは牧耶だけだ。

やがて――

「………」

怪物はこちらに気づかなかったようで、そのまま大地を揺らして歩き去って行った。

まるで化物がここに来ないことがわかっていたかのように牧耶が微笑む一方で、放心した様子で蹲《うずくま》った杠が、掠《かす》れた声で言った。

「もう、いやっ……何よ、なんなのよ、ここはっ……」

「杠さん……」

仙汰は監視対象の、蒼白《そうはく》になった横顔を見つめる。

ここは地上の極楽浄土。

仙汰がまだなんとか思考できるのは、現実感が追いついていないからだ。

ごちゃまぜの植生。奇妙な石仏。人面を宿した虫。蛙の顔をした巨人。これだけの超現実を次々と目《ま》の当たりにすれば、現実主義者に見える杠にはより応《こた》えるのだろう。

「導いてあげましょうか?」

甘い声が鼓膜《こまく》にすっと忍びこんできた。

ゆるゆると、杠の顔が上がる。

「極楽に……?」

「ええ」

声の主《ぬし》である茂籠牧耶が、聖母のような穏やかな笑みで首肯した。

古今東西の宗教に触れ、独自の世界を構築してきた牧耶は、おそらくこの中の誰よりも、非現実を受け入れる素地ができている。

「あなたに為《な》すべき天命を授けましょうか。そうすれば死とともに、あなたの魂は天上の極楽浄土へと導かれるでしょう」

確信に満ちた言葉に、杠の瞳が見開かれる。

源嗣の表情は硬く、仙汰も言葉を発せない。理性では、これは一つの洗脳だと理解できている。牧耶はこうして信者たちを討幕へと駆り立ててきた。

だが、おそらく牧耶に相手を騙《だま》しているという意志はないだろう。自身が神の化身であると心から信じている。だからこそ、これほどまでに言霊に力があるのだ。

牧耶は座りこんだ杠の頭に、ゆっくりと手の平をかざした。

「杠。あなたに天命を授けます。それは死して身を捧げること。あなたの身はこれから島で暮らす教団に、天命を果たすまでの知恵を授けるでしょう。それは大いなる貢献――素晴らしき天命となりましょう」

神仙郷を拠点にするに当たって、花化《はなか》の仕組みなど未知の要素が幾つもある。

つまり、信者たちが牧耶に与えられた天命を果たす前に不慮の事故に遭わないよう、ここで死んで実験台として体を提供しろということだ。無茶な要求に見えても、その先に極楽が待っていると確信すれば、人は容易に傾くことを仙汰は知っている。

かつての自分と同じように、この世の誰もが救いを求めているのだから。

「………………」

杠はまるで糸で操られるように、刀をすらりと引き抜いた。

弱った心は完全に牧耶の言葉の支配下にある。もう目の焦点が合っていない。

——いけない。

仙汰は思わず出そうになった声を、無理やり抑えた。

監視人の役割は、あくまで罪人を見張り、仙薬探しの過程を見届けることだ。罪人同士のやり取りに口を出す必要はないし、ましてや肩入れするなどあってはならない。それにも拘《かか》わらず、声を出しそうになった自分に仙汰は驚きを得た。

——彼女に何かを感じているのだろうか。

刀の切っ先を自身の胸に向けた少女を、仙汰は眼鏡の奥から眺める。

だが、それは意味のない思考だ。これまで通り心を無にしてお役目に臨むのみ。

牧耶は首にかけた逆さ十字架を握って、何かをぶつぶつと口にし始めた。独自の呪文なのだろうか、それは念仏のようでもあり、祈りのようでもある。

牧耶の声量は次第に大きくなっていく。

抑揚の消えた音調が、やけに耳に心地よく響いた。

そして、杠は柄を握った両手を振り上げ——

「うぐ……っ」

柔らかな胸に、刃先を突き立てた。

ゆっくりと倒れこむその姿を、仙汰は唇を噛みながら見つめた。

「杠。あなたは見事に天命を果たされた。その魂は極楽浄土へと向かうでしょう」

牧耶はそう言って、指で逆さ十字を切った。

日だまりに埋もれた杠の表情は、本当に極楽へと召されたかのように穏やかに見える。

教祖は両手で木洩れ日をすくいとるようにして、天高く掲げた。

「哀れな子羊、選ばれなかった者たち。その魂の安らかならんことを。極楽にて安寧に過ごしたまわんことを」

慈愛に満ちた顔で、牧耶は空を仰いだ。

「アタシは神なる者。選ばれし代行者。ここで未来永劫《えいごう》、悩める者、救いを求める者を天上へと送り続けましょう！　それこそが、それこそが我が天めっ——」

トンッ。

乾いた音が鳴って、牧耶の体が、背後の木の表面をずるずると滑り落ちた。

白目を剝いた顔。額には鈍く光るクナイが、深々と突き刺さっている。

「え?」

「お、おい」

仙汰と源嗣が同時に声を上げた。

……死んでいる。

ここに地上の極楽を創り上げようとしていた教祖は、今確かに息絶えていた。

「なーにが天命を果たすまで死ぬことのない選ばれし者よ。やっぱ死ぬじゃん」

声を発したのは、牧耶のそばでこと切れていたはずの少女だ。

「杠さん……!」

「忍法死んだふり――なんちゃって」

傾主の杠は、ぱちりと目を開けた。

胸に刺さったように見せた刀をしまうと、立ち上がって服の汚れを落とす。

「うーん、もうちょっと利用してから殺そうと思ってたけど、こいつ頭やばそうだし、面倒臭くなってきたからつい殺《や》っちゃった」

「だ、騙し討ちか。武士の風上にも置けん奴だ」

源嗣がいきり立つと、杠は飄々《ひょうひょう》とした様子で肩をすくめた。

「だって、私武士じゃないしー。っていうか、正面からやり合うの面倒じゃん。こんな序盤から無駄な体力使ってらんないし」

杠の大きな瞳が、仙汰に向く。

「じゃ、狸くん、記録よろしく」

「えっと……」

「ほら、情報収集。せっかくだから、こいつが私にやろうとしていたみたいに、この体を有効利用しないと。まずは花化の仕組みよね。やっぱあの人面蝶が怪しいと思うんだけどなー。ねえ、聞いてる？」

「あ、はっ、はい」

急な展開に思考が遅れてついてきた。

牧耶にすっかり洗脳されたように見せたのは、最初から油断させて不意打ちをするためだったという訳か。監視役ですら牧耶の迫力にうっかり飲まれそうになっていたが、その裏で、このくの一は冷静に相手を仕留める算段を練っていたのだ。

「杠さん、あなたという人は……」

「ほら、そっちに蝶がいったよー」

「わ、わっ」

杠が人面蝶を牧耶の死体に誘導している。尾部の針で刺された牧耶の体から、ぱっと花が咲いた。

やっぱり、とはしゃいだ声を上げながら、杠は牧耶の身を切り刻み始めた。

花化した結果、身体にどのような影響が出ているのか、内部まで詳しく調べるつもりなのだろう。

「付知殿じゃあるまいし、あの女……」

源嗣は気分がよろしくないようで、額を押さえて苦々しく言った。だが、倫理的な是非はともかく、この島で生き残るために必須の情報であることは間違いない。

彼女は生きるために必要な行動を、躊躇《ちゅうちょ》なく選べるのだ。

すっかり実験体にされた牧耶の体を覗きこむように、中腰になった杠は言った。

「ごめんねー。私、神とか仏とか、どーでもいいんだ」

——神も、仏も、どうでもいい。

仙汰は思わず胸の内で、その言葉を繰り返した。

彼女は、木洩れ日の中で、牧耶ににっこりと笑いかける。

「天命とか目に見えないものに縛られて生きるなんて馬鹿みたい。死後の安寧とかまじで意味わかんないし。大事なのって、今楽しいかどうかじゃん？」

その笑顔は、なぜかひどく美しく輝いて見えて——

——ああ……。

風だ。

目の前を覆う黒い霧を、軽やかに吹き飛ばす鮮烈な風。仙太は今確かにそれを感じた。

握りしめた拳に自然と力が入る。

「おい、どうした、仙汰？」

「源嗣さん、何か？」

「いや、泣いているように見えたぞ」

「……っ」

仙汰は驚いて眼鏡を持ち上げ、目の端をこすった。

言われた通り、かすかに濡れた感触が指先に残る。

処刑人という仕事に、ずっと悩んでいた。

救いを求めて、宗教に傾倒した。だけど、いくら神を頼っても、仏にすがっても、自身の運命を正当化することなどできなかった。

いつしか心を閉ざして、ただ首を斬り落とす日々を送るようになった。

だけど――

立ちすくむ仙汰の脇を通って、杠は源嗣の前に立った。

「筋肉のお兄さんにも協力して欲しいなー。人数は多いほうが助かるし。担当のまっきーが死んじゃったからいいでしょ」

「ふざけるな。誰が貴様のような……」

言いかけて源嗣は、言葉を止めた。

前かがみになった杠の豊満な胸に、その視線が釘付けになっている。

源嗣はごほん、と咳払いをした。

「し、仕方がない。貴様のような卑怯者には、監視役一人では心許《こころもと》ない。本意ではないが、ついていってやらんこともない」

「やったー」

簡単に引っかかった源嗣に背を向け、杠は再び人面蝶を牧耶の死体に誘導する。

「さあ、最後だし思う存分、刺しちゃえ！」

「おい、これ以上、花まみれにしてどうする」

源嗣が後ろから咎《とが》めると、杠は牧耶に視線を落としたまま応えた。

「こいつがどんな人生送ってきたかなんてぜーんぜん興味ないし、極楽なんて信じちゃいないけどさ。少なくともそこに行けるような奴じゃないでしょ。せめて花くらいは添えてやろうかなって」

「…………」

押し黙る源嗣だが、その直後、人面ムカデたちが牧耶の死体に群がり、その身を猛烈な勢いで食べ始めた。

再び額を押さえて溜め息をつく源嗣の前で、杠はぴくりとも表情を変えずに呟く。

「ふーん……人面ムカデは人間に興味ないと思ってたけど、死肉は食べるんだ。ちゃんと記録しておいてね、仙汰」

ああ、彼女はなんて――

冷静で、

残酷で、

不謹慎で、

そして、自由なんだ。

視界の中で、杠の笑顔が滲んでいく。

山田浅ェ門仙汰。首斬り人たる山田家の門弟になって幾余年。

自分はもう子供の頃のように、美しい風景に、眩い輝きを放つ生命に、心を躍らせ、涙することなど二度とないのだろう。そう思っていた。

なのに——

自由な精神が、
躍動する生命の波動が、
今こんなにも眩しく心を動かしている。

「はいっ」

仙汰は勢いよく答え、歩き出した杠の後に続いた。

高鳴る胸。

火照《ほて》る頬。

再び熱を帯びた目頭を隠すように、手にした帳面は、高く持ち上げられていた。

第四話

桜咲く庭

寄せては返す波の音。

神仙郷《しんせんきょう》、上陸初日の夜。島の海岸線沿いの砂浜には、二つの人影があった。

うち一人《ひとり》、はちがねを額《ひたい》に巻き、瞳に熱を灯した青年——山田《やまだ》浅ェ《あさえ》門典坐《もんてんざ》は、膝《ひざ》を抱えたまま暗がりの海を見つめていた。

この島に上陸してすぐ脱出を試みたのだが、数多《あまた》の難破船と花化《はなか》した期聖《きしょう》に遭遇した。更に巨大な吸盤を持つ化物に襲われ、結局、この島へと戻ってきてしまったのだ。

行きはよいよい。帰りはこわい。

岸へと向かう海流は、まるでこの島自体が張り巡らせた巨大な網のようだ。不老不死という甘い餌に釣られて蜘蛛《くも》の巣に飛びこんだ哀れな獲物をふと想像し、典坐は首を振った。

——明日こそは絶対に脱出してやる。

誓いを込めて拳で砂を叩《たた》くと、その手が横からぎゅっと握られた。

「うわ、わ。急にどうしたんすか、ヌルガイさん」

典坐は慌てて、寄り添うように隣に眠る小柄な人物に声をかけた。

ぼさぼさの髪の毛を頂点でまとめ、肌はこんがりと日に灼《や》けている。

山の民《サンカ》ヌルガイ。一見すると少年のように見えるが、濡れた衣服を脱いだ際に、実は女性であることが判明した。ヌルガイは眉《まゆ》を寄せて小さく吐息を漏らした。

「う、ん……」

「なんだ……寝てるんすね」

急に手を握られて焦ったが、どうやら寝ぼけているようだ。ゆっくりと指をほどこうとしたところ、ヌルガイの口から懇願するような呻《うめ》きがこぼれた。

「じいちゃん……みんな、ごめん……ごめん……」

彼女の目尻から一筋の滴が流れ、その頰《ほお》を滑り落ちる。

「ヌルガイさん……」

典坐は指をほどくのをやめ、ヌルガイの耳に口を近づけた。

「大丈夫。みんなここにいるから」

優しく声をかけると、ヌルガイはやがて穏やかな表情に戻って、再び安らかに寝息を立て始めた。典坐はその寝顔を眺めて、口元を緩める。

「大したことはできないっすけど、こんなことで君の孤独が少しでも癒されるなら……」

彼女の熱が、握った柔らかな手の平から伝わってくる。

典坐が脱出を考えたのは、彼女を救うためだった。

他の罪人と違ってヌルガイは何も悪事を犯していない。山で迷った侍を親切心から集落に連れて行っただけなのに、ただ幕府に従属しない山の民であったというだけで、仲間を皆殺しにされ、死罪を宣告された。

「そんなのは絶対間違ってる。先生だってわかってくれますよね」

彼女の未来を、可能性を、そんなことで潰していいはずがない。

それがあの人から受けた教えだと、自分は信じている。

夜に溶けていく潮騒を耳にしながら、典坐はまだ山田家に入門して間もないあの日々のことを思い出していた。


「なあセンセー、なんでオレみてーなの拾ったんだよ」

うららかな午後。

春の陽射しを浴びる道場の縁側で、あぐらをかいた典坐はけだるそうに言った。

「……言葉遣いは?」

そばに立つ男が、腕を組んだまま応じる。

山田浅ェ門士遠《しおん》。

町で暴れていた典坐を引き取り、剣を教えた人物。立場上は兄弟子に当たるが、典坐にとっては師匠のような存在でもあり、敬意を込めて先生と呼ばれていた。

他人に教えを請うなどまっぴらではあるが、士遠が剣の達人であるのは間違いない。何よりその両目には深い傷があり、典坐の前に広がる道場の裏庭の景色も見えていないはずなのに、その剣技は正確そのものだった。

仕方なく、典坐は口調を変える。

「……なんで自分を拾ったっすか？」

「浅ェ門《われら》の仕事は人命を奪うこと。それ以外の時間は人助けに使いたい。まあ確かにお前は乱暴な所もあるが、芯には可能性を感じている」

士遠は顔を裏庭に向けながら言った。

「かー、お偉ぇな。人助けとかイミわかんねぇ」

腹が膨れる訳でもない。金が貰える訳でもない。人助けなんぞ無駄以外の何物でもない。

しかも、そのお節介の結果、典坐は処刑執行人たる山田家の門弟にさせられてしまった。

「さあ、いつまで休んでいるつもりだ、典坐。もう稽古は始まっているぞ」

師匠の言葉に、典坐は溜め息をついて重たい腰を上げる。

「……へいへい」

「返事」

「はいはい」

「返事」

「ああ、もう、はいっす！」

ああ、うるせえ。

道場内に戻った典坐には、いつものように士遠による厳しいしごきが待っていた。

筋力向上のための負荷運動。持久力向上のための走りこみ。そして勿論《もちろん》、剣の技術を徹底的に仕込まれる。

「握りが甘い」

素振りを繰り返す典坐の脇で、士遠が腕を組んで言った。

盲目のはずなのに、適当にやるとすぐに見抜いて檄が飛んでくる。

「一つ一つの型を丁寧に、確実にこなせ。お前の強みは剣速にあるが、それは基本が伴ってこそ活《い》きるものだ。基本を疎《おろそ》かにするな」

「わっ、わかってらあ」

「返事」

「わっかりましたっ！」

汗を迸《ほとばし》らせながら、典坐は吠えた。

そうは言うが、もう素振りの回数は軽く千を超えている。これだけ竹刀《しない》を振り続ければ、雑にもなるというものだ。

「緩んでいるぞ」

「あい……すっ！」

——くそ。なんでオレはこんなこと……。

貧民街で生まれ育った。親には自分を食わせる余裕も気力もなかった。気づいた時には、悪い仲間たちとつるんで町で好き勝手するようになった。腹が減ったら盗む、奪う。殺し以外はなんでもやった。眠りたい時に寝て、起きたい時に起きた。自由だった。

典坐はぐっと奥歯を嚙《か》んだ。

「でも、オレらの仕事なんて所詮《しょせん》首斬りだろ。なんでここまで真面目《まじめ》くさって鍛錬する必要があんだよ」

「だからこそだ」

士遠の言葉が鋭さを帯びる。

「浅ェ門の仕事は罪人の人生を終わらせること。それは、この世との契《ちぎ》りを断ち切る一刀なのだ。なまくらな腕で命に向き合うことは許さん」

「…………」

気力、体力、技術。多くのことを強制的に教わってきたが、士遠が最も口を酸っぱくして説いてきたのは、剣を扱う時の心構えについてだった。

だが、そんな目に見えないものに意味があるとは思えなかった。

納得いかない顔をしていると、士遠は組んでいた腕を解いて、竹刀を手に取った。

「止《や》め。次は立ち稽古だ」

「ちょっとは休ませてくれよ……」

「ん、耳まで悪くなってしまったようだ。今なんと？」

「なんでも、ありませんっ」

肩で息をしながら、典坐は士遠と向かい合った。

竹刀の先端と、苦々しい視線を、相手の閉ざされた瞳に向ける。堅苦しい生活を強要されるのも、無意味な稽古で疲弊するのも。そもそも全部この男のせいではないか——

町で気に食わない侍を相手に暴れていた時に、止めに入ったのがこの男だった。

相手は盲目。苛立っていたし、ついでにこいつもぶちのめそうと襲いかかった。

ところが、あっと言う間にやられたのはこっちだった。何をされたのかもわからないうちに、典坐は仰向けに倒れていた。これまで喧嘩《けんか》で負けたことはなかったのに、目の見えない相手に土をつけられたと知られては仲間たちの笑い者だ。

「ふ、ふざけんなっ」

立ち上がって向かっていくが、赤子の手をひねるように簡単にひっくり返される。

士遠は縦横に傷が入った眼を、倒れ伏す典坐に向けた。

「ふむ……粗さが目立つが、筋は悪くない。度胸もある。お前は宿無しか？」

「だからなんだよっ」

嚙みつくように吼《ほ》えると、士遠は少し逡巡《しゅんじゅん》した後、こう言った。

「強くなりたければ山田の道場に来なさい。少なくとも雨露はしのげる」

「はあ？　なんでオレがそんなとこっ」

「飯も付いているぞ」

「…………」

ぐうと鳴った腹を押さえて、典坐は食ってかかった。

「馬鹿にすんなっ。食い物くらい必要な時にかっぱらえばいいんだよ」

「そんな生活を続けていれば、いつかお縄をくらうぞ。現にお前がさっき殴っていた相手は侍だろう。ただで済むと思うのか」

地面には数人の侍たちが白目を剥いて転がっている。

「はっ、先に因縁ふっかけてきたのはこいつらだ。見下しやがって、侍なんて大《でえ》っ嫌《きれ》えだ」

襤褸《ぼろ》切れをまとった典坐は、同じく侍であろう目の前の男に言い放った。

すると士遠は、顎《あご》を撫でながら神妙な表情で応じた。

「やられたからやり返す。つまり……目には目を、ということか」

「……は？」

「おや、通じないか。盲目ならではの冗談だ。道場の者は、結構笑ってくれるんだが」

「全っ然面白くねえよ」

「そうか……」

士遠はなぜか少し残念そうに肩を落とすと、左手をゆっくり掲げる。

「では、こういうのはどうだ。私は左手一本で相手をする。私が勝ったら、お前は門下生になる。お前が勝ったら、私を煮るなり焼くなり好きにしてもいい」

「はあ？　なんだよ、その条件。なんで俺が門下生なんかに」

「お前に可能性を感じた。それだけだ。こう見えても、見る目はあるほうだからな」

「それも冗談か？　あまりふざけんなよ？」

「ふざけていても、お前には勝てるさ」

　びきびきと典坐の額に血管が浮き上がった。

「上等だっ。ぶっ殺す」

　いきり立って跳びかかり――典坐は瞬く間に完敗した。

　士遠はその後、目を覚ました侍たちに、「うちの門下生が大変失礼しました」と、深く頭を下げて謝罪をした。当然、相手は激高して刀を抜きかけたが、士遠は腰のものに手をかけて低い声で言った。

「侍同士、もし刀を抜かれれば、こちらも応じずにはおれません。動く相手を斬るのは久しぶり。しかも、当方盲目により寸止めは保証しかねますのでご容赦ください」

「おい、こいつ山田の……」

　侍の一人が士遠の正体に気づいたようで、結局悪態をつくだけで立ち去って行った。

　山田浅ェ門は、忌まわしき首斬り人であり、同時に当代きっての剣の達人でもある。それに御様御用《おためしごよう》を通じて、将軍家や大名とも繋《つな》がりがあるのだ。

　進んでことを構えたい者は、決して多くない。

　颯爽《さっそう》と歩き出した士遠は、典坐を振り返って言った。

「何をぼうっと突っ立っている。道場はこっちだ」

そんな経緯《けいい》で山田家の門弟になった訳だが、典坐は大いに騙《だま》された気分だった。確かに屋根と食事は確保されたが、稽古、稽古、稽古の毎日。生活習慣から態度や言葉遣いまで指導を受け、窮屈なことこの上ない。

しかも、なんだかんだ助けられたという事実が、典坐の癪《しゃく》に障っていた。

「うおおっ」

竹刀を振り上げて斬りかかるが、あっさりといなされ、面を打たれてしまう。

続く立ち合いでも胴を打ち据えられて、典坐は道場に大の字に転がった。

「ち、畜生っ……」

「まだ剣の扱いが雑だ。お前の感情を前面に押し出すやり方は否定しないが、それが空回りしている。怒り、そして——迷い」

「だってよ、こんなことして……」

何になるんだ、と典坐は思っている。

元々、処刑人になりたかった訳でもないし、剣の達人を目指していた訳でもない。

ただ成り行きでここにいるだけだ。苦々しい面持ちで唇を突き出すと、士遠は転がった典坐を見下ろしながら言った。

「初めから高邁《こうまい》な精神を持って鍛錬に臨めとは言わん。だが、例えばこういう風に考えることもできはしないか。もし、いつかお前に守りたい者ができた時、鍛え上げた剣の腕は必ず助けになると」

「守りたい者……？」

そんな相手はいない。

職なし。宿なし。金なし。親の顔だってまともに覚えちゃいない。守るものなど一つもなかったし、これからだってそうだ。その日その日を好きに生きて、いずれどこかで野垂れ死ぬ。未来の可能性なんかに想いを馳《は》せることなどありはしない。

——できるわけねーよ、そんな奴《やつ》。

不満げに漏らした言葉は、道場の冷たい床板に溶けて消えていった。


その日、典坐は荷物持ちとして士遠について外出することになっていた。

花曇りというのか、空はどんよりとした雲に覆われている。

道場を出る間際、前を歩く士遠がふいに立ち止まった。

「どうしたんすか」

「いや、もう春だというのに、あの桜だけがいまだに花をつけないな」

確かに言われた通り、他の桜が満開の花びらをつける中、庭の端にある一本はいまだ固い蕾《つぼみ》のままだ。

「ていうか、なんでわかるんだよ。見えねえのに」

「言葉遣い」

「……なんでわかるんすか？」

「芽吹いた蕾《つぼみ》には未来に進む力強さを感じる。あの一本からはそれが感じられない」

「そんなもんすかね……」

咲き誇る薄紅色の木々に混じった、場違いな痩せた桜。

なんだかそれが自分のように感じられて、典坐は少し嫌な気分になった。

士遠が手荷物を典坐に預けながら言う。

「だが、同時に蕾というのはあらゆる可能性を秘めてもいる。いかようにでも化けられるのだからな。どんな花をつけるのか楽しみにしようじゃないか」

「はあ……」

生返事をして、典坐は師匠について歩き出した。

曇り空の下、門を出てからしばらく進むと、士遠はある建物の前で足を止める。

「ここに用事……？」

それは寺院だった。砂利を敷き詰めた境内《けいだい》の奥から読経《どきょう》が聞こえてくる。

処刑執行。刀剣の試し切り。死体の胆嚢《たんのう》から作った丸薬。罪人の死を生業《なりわい》にしている山田家では、死人の供養のために懇意の寺に慰霊塔を建立しているのだが、典坐が首を傾《かし》げたのは、その寺が慰霊塔のある寺院ではなかったからだ。

「個人的な用事だ。お前は待っていなさい」

そう言って、典坐から荷物を受け取った士遠は、迎え出た和尚《おしょう》に手土産としてそれを渡した。しばらく和尚と話した後に、奥の墓地へと足を向ける。端に立つ小さな墓に手を合わせているようだが、典坐のいる場所からは良く見えない。

ただ、墓に向かう士遠の背中には、何か言いようのない想いが宿っている気がした。

「…………」

所在のない典坐は、一旦寺院の外に出ることにした。

辛気臭いのは好きじゃない。門の前でぼうっと立っていると、通りの向こうから襤褸《ぼろ》をまとった集団が近づいてきた。

「おい、典坐じゃねえか」

「お前ら……！」

それは悪さをしていた時に、一緒につるんでいた仲間たちだった。

見習いの立場で、なかなか自由に外出もできなかったため、山田家の門弟になってから会うのは初めてだった。懐かしさがこみ上げてきて、典坐は笑顔で彼らに駆け寄った。

「久しぶりじゃねえか。元気だったか、お前ら」

だが、かつての仲間たちの顔に友好の色は見られない。典坐は思わず立ち止まった。

「どうしたんだよ、おい」

「典坐よぉ。侍の子飼いになったってのは本当だったんだな」

「え?」

言われて、典坐は自分の姿に目を落とした。

山田家の道着をまとい、腰に木刀を吊《つ》るした格好は、確かにそのように見える。

「いや、だけどオレは……」

「侍嫌いなんじゃなかったのかよ。すっかり懐いちまってるじゃねえか。飯と引き換えに魂を売りやがったのか?」

「それは――」

一瞬、言葉に詰まる。

確かに野良で生きていた頃は、もっと好き勝手に過ごしていた。こんな道着をきて、決まった型を反復して、喋《しゃべ》り方まで気を遣いながら、生きてはいなかったはずだ。

「べ、別に、オレだって好きでやってるわけじゃ……」

「ああ、そうか。お前は喧嘩に負けて家来になったんだよな」

「……なんだと？」

鋭い眼光で睨《にら》みつけるも、かつての仲間たちは互いに顔を見合わせてせせら笑った。

「しかも、目の見えない相手にコテンパンにのされたそうじゃねえか。あり得ねー。お前、弱くなったんじゃねえの？　ひゃははっ」

気づいた時には、もう相手に殴りかかっていた。

多勢に無勢《ぶぜい》。だが、火のついた体は止まらない。

手前の二人《ふたり》に拳を浴びせ、後ろの奴らに飛びかかる。途中で羽交《はが》い締めにされるが、頭突きで跳ね飛ばして、両手足を振り回して応戦した。一度殴られる間に、二度、三度と相手を打ち据える。昔から手数の多さには自信があった。地面に尻をついた男たちに向かって、典坐は大声で吠えた。

「オレが弱くなったかどうか、確かめてみろよ。ああっ？　お前らぶっ殺すぞ」

典坐は腰にぶら下げた木刀に手を伸ばし――

「たわけっ！」

後ろから、ぐっと首根っこを摑《つか》まれて、勢いよく引き倒された。見上げると、そこには厳しい顔つきの師匠の姿がある。士遠は典坐を一瞥《いちべつ》すると、倒れている者たちに向き直って頭を下げた。

「悪かった。この者は未熟なのだ。私からよく言っておく。本当にすまない」

「ちっ……」

侍に頭を下げられては立つ瀬がない。悪友だった者たちは口元の血を拭いながら立ち上がると、典坐を睨みつけて去って行った。

士遠は立ち去る者たちの背中に顔を向けたまま、重たい声で言った。

「典坐」

「だ、だってよ、あいつらが……」

「感情に振り回されるなと言ったはずだ。感情を持つことは否定せんが、それは正しい方向に制御しなければ、単なる意志なき暴発になる」

「だけどっ」

反論しようとしたら、襟首を両手で摑まれ、強引に立たされた。

そのまま後ろの壁に、どすんと激しく押しつけられる。

「典坐。本当に殺していたら、お前が死罪になっていたかもしれんのだぞ。こんなことで自分の可能性を潰す気かっ」

いつになく士遠の表情と言葉は厳しく、本気の怒りをひしひしとその身に感じる。

だが、いや、だからなのか、典坐は俯《うつむ》いたまま呟《つぶや》いた。

「……ねえよ」

顔を上げ、眉をひそめた目の前の相手を威嚇《いかく》するように口を開く。

「どうせ可能性なんてねえよっ。身分もねえ。金もねえ。生まれた時から、オレに可能性なんかねえんだよっ」

「…………」

襟首を摑んだまま沈黙する士遠に、典坐は言い放った。

「辞めてやる」

「……何？」

「辞めてやるよっ。もうこんな堅苦しい生活はまっぴらなんだよ！　剣の型だの、心の持ち方だの、どうでもいいんだよ！　オレは好きに生きたいんだ！」

大声で吠えると、士遠はゆっくりと襟から手を離した。

「本気で言っているのか」

「ああ、本気だね」

睨みつけながら言うと、士遠はしばらく黙った後、口を開いた。

「……だったら、条件がある」

「条件？」

「お前は私に負けて門弟になったのだから、出て行きたいなら私に勝利せねばならん。それが道理だろう」

「そ、そんなこと」

「できる訳ないか？　目の見えない相手に、随分と自信なさげじゃないか。さっきまでの強気はどうした」

「じ、自信がねえ訳じゃねえっ」

強がる典坐に、士遠は右手の人差し指をぴんと立てて見せた。

「一本でいい。私から一本を取ってみせろ。どんな状況でも構わん。一本取れたら、お前が辞めるのを認めよう」

わずかな沈黙の後、典坐は士遠の閉じた瞳を見つめた。

「一本でいいんだな？」

「ああ」

「どんな状況でも？」

「ああ」

道場で正面から向かい合えば勝ち目は薄いが、どんな状況でもいいと言うなら話は別だ。

互いに礼をして立ち合うなんていうお行儀の良い剣法は性に合っていない。

不意打ち、闇討ち、元々そういうやり方のほうが得意なのだ。

「わかった。男に二言はねえからな」

念を押すと、士遠はおもむろに腕を組んで、首を縦に振った。

「約束しよう」


——さて、どうすっかな。

その後、道場に戻った典坐は、端であぐらをかきながら頬杖をついた。

どうやってあの男から一本を取るか。

実は寺院からの帰り道に、早速後ろから木刀を振り下ろしてみたのだが、あっさりかわされてしまった。さすがに約束した直後だったため、警戒されていたのだろう。

師匠の士遠は、近いうちに御様御用で七日ほど道場を留守にすると聞いている。一刻も早く道場からオサラバしたい身としては、できれば士遠が旅立つ前に片をつけたい。

だが、正攻法でいくのは現実的ではない。

――付け入る隙があるとすれば……。

やはり、目だろう。

日々接していると忘れそうになるが、士遠は目が見えないのだ。おそらく音や大気の流れ、つまり聴覚や触覚などの視覚以外の感覚で補っており、それがとんでもない水準にはあるのだろうが、どうしても見えている者と比べると反応は遅れるはず。

「よし……」

典坐は顔を上げた。


作戦其《そ》の一――陽動。

その日、士遠との立ち合い稽古で、道場で小さなどよめきが起こった。

典坐が竹刀を二本、手に取ったのだ。勿論二刀流で戦うつもりはなく、士遠の鋭すぎる感覚を逆に利用しようと典坐は考えていた。

向かい合って礼をする。その直後、典坐は片方の竹刀を放り投げた。それはゆるい放物線を描いて士遠の頭上を飛び越え、その背後にカツンッと音を立てて落ちる。

　――今だっ！

　典坐は同時に床を蹴った。突然後ろで音がしたら、嫌でも気を取られるはず。特に、聴覚に多くを頼っているであろう相手なら尚更だ。

　士遠は一瞬、後ろを振り返った――かに思えたが、すぐに口元に笑みを浮かべる。

「踏みこみが弱いぞ」

「えっ」

　典坐の面は軽々と受け流され、代わりに胴を一閃《いっせん》された。

「うぐっ」

　パシィと乾いた音が鳴った。腹を押さえて蹲《うずくま》る典坐に、師匠は涼しい顔を向ける。

「まだ工夫が足りないな。見通しが甘いぞ」

「ち、畜生っ」


　作戦其の二――不意打ち。

　今のは少々狙いすぎた。冗談で返す余裕すら相手にはあった。確かにあんな風に向かっていけば、何かあると警戒させてしまう。

　だったら次は予想もしていない状況で、攻撃がきたらどうだろう。

「センセー、庭で打ちこみをしてきます」

「ああ」

士遠の許可を取って、庭に降り立った典坐は、並んだ巻き藁《まきわら》を相手に竹刀を振り始めた。振り下ろし。横薙《よこな》ぎ。袈裟《けさ》懸《が》け。角度を変えながら、巻き藁に打ちこんでいく。

表向きは真面目な態度を示しつつ、典坐は密《ひそ》かに不意打ちの機会を探ることにした。

道場の戸は全て開放されているため、庭から道場内の様子がよく見える。竹刀を振りながら、横目で道場内に立つ士遠の様子を観察すると、衛善《えいぜん》と何かを話しているようだ。

二人の顔がふと庭に向かった。

――いけねっ。

慌てて視線を逸らして巻き藁に打ちこみを続けるが、どうやら彼らが注意を払っているのは、庭の奥に咲いている桜のようだ。士遠は腕組みをして、すぅと息を吸って言った。

「いい香りだ。今年も見事に咲いたようですなぁ」

「うむ。後は一本だけか。稽古終わりに花を肴《さかな》に一杯いきたいところだ」

「私は昆布茶《こぶちゃ》を所望したいですな」

「ほう、それも悪くない」

――ジジイかよ。

この二人、時々妙に年寄りじみたところがある。

そのまま観察を続けると、道場内で、期聖と源嗣《げんじ》が激しい打ち合いを始めた。

やがて、期聖が右手を高々と掲げる。

「よっしゃ、一本。俺の勝ちだ」

「ふん、今のは油断しただけだ。これでお前が六百二十七勝、拙者が六百三十一勝か」

苦々しい顔で舌打ちした源嗣に、期聖が食ってかかった。

「はあ、逆だろ？　勝ち越してんのは俺だろうが」

「何を言っている。勝ち越しは拙者だ」

「数字も覚えられねえのかよ。これだから脳筋野郎は」

「なんだと、このひねくれ坊主」

あの二人は同期らしく、仲が良いのか悪いのか、よくいがみ合っている。

二人の奥では、付知《ふち》と仙汰《せんた》が難しい顔をして話しこんでいた。

「ねえ、仙ちゃんはどっちだと思う？」

「いやぁ、僕にはなんとも……」

「確かに一概には言えないけど、どちらかと言えば右だと思うんだ。左に比べれば少し低い位置にあるし、それが奥ゆかしさを表していると思わない？　うーん、でも左は左で捨てがたいなぁ」

付知が難しい顔をして、頭を抱えた。

なんの話をしているのかと思って注意を払っていると、仙汰が困ったように答えた。

「でも、左右どっちの腎臓が可愛いかなんて尋ねられても……」

がく、と典坐の膝が折れた。

――ったく、本当に変な野郎ばっかりだ。

だが、もうどうでもいい。

どうせ自分はすぐにここから出て、自由の身に戻るのだから。

「ええと、士遠さんはどう思います？」

仙汰が助けを求めるように、士遠に声をかけた。衛善は既にその場を離れている。

「難問だな……。というか、私に聞かれてもな」

士遠の意識は今、完全に道場内へと向いている。

――ここだ！

典坐は大きく息を吸って、竹刀を思い切り横に薙いだ。それは巻き藁に当たることなく、すっぽ抜けたように典坐の手から離れ、士遠の背中に飛んでいった。

勿論、故意である。

士遠の注意が逸れるのを、ずっと待っていたのだ。

まさか話している最中に後ろから竹刀が飛んでくるとは思うまい。

予想だにしない方向からの一撃。かわす術《すべ》はない。

「よし、いっぽ……！」

パシィィ！

――え？

突き上げかけた典坐の拳が止まった。士遠は何食わぬ顔で、飛んできた竹刀を受け止めていた。そのまま庭に降りて、典坐の手に握らせる。

「竹刀が飛んでいくのは、握りが甘いからだ、典坐。何度も言っているだろう」

「う……うす」

また、失敗。


作戦其の三――両手を塞ぐ。

もうわかった。師匠相手に、中途半端な不意打ちは通用しない。すぐに気配を察知して、受け止められてしまう。

であれば、強制的に両手が使えない状況で、打ちこんでみるのはどうだろう。

「センセー、お茶いかがっすか」

休憩時間になって、典坐は奥の座敷にいる士遠のもとを訪ねた。

「ほう、気が利くじゃないか」

顔をこちらに向けた士遠に、盆から湯飲みを手渡す。

「この香り、昆布茶か。ありがたい、ちょうど飲みたいと思っていたところだ」

「わかるんすか」

「勿論だよ。私は昆布茶に目がないんだ」

「センセー、本当に冗談が好きっすね……」

「なかなかお前が笑ってくれんからな」

——今はそれどころじゃねえんだよ。

早くこの男から一本を取らなければ、自由は得られないのだ。

内心で思いながら、典坐は師匠の様子をじっと眺めた。

士遠は湯飲みに両手を添え、湯気の立ち昇る表面にふーっと息を吹きかけている。

そして、ゆっくりと口元へと持って行った。

——ここだぁっ！

典坐は背中に隠し持っていた竹刀を、勢いよく士遠の頭上に振り下ろした。

両手が塞がっている瞬間。仮に攻撃を察知したとしても、受け止めることはできない。

「よし、いっぽ……あっちぃぃ！」

典坐はその場で跳び上がった。士遠が咄嗟《とっさ》に、手にした茶を典坐に振りかけたのだ。

「あつっ、あつつつっ」

慌てて熱湯をかぶった道着を脱ぐ典坐に、士遠は涼しい顔で言った。

「すまんな。うっかり零《こぼ》してしまったよ」

「く、くそぉぉ」

再び失敗。


その後の挑戦も悉《ことごと》く不成功に終わり、いよいよ明日は士遠が遠出する日となった。次に帰ってくるのは七日後。今日を逃すと、しばらく間が空いてしまう。こちとら一日でも早く辞めたいというのに。

「どうすりゃいいんだ……」

道場の隅でうんうん唸《うな》っていると、佐切《さぎり》が近寄ってきた。

「典坐殿。そんなところで頭を抱えてどうしたのです。頭痛なら付知殿が良い薬を持っていますよ」

「ち、違っ。か、考えごとっすよ」

典坐はしどろもどろに答えた。どうも佐切が相手だと、いつもの調子が出ない。

自分が女慣れしていないせいもあるし、相手が当主の娘という立場のせいもある。

しかも、佐切は綺麗《きれい》な顔立ちをしているので、近づくと緊張してしまうのだ。

答えを聞いた佐切は露骨に驚いた顔を見せた。

「典坐殿が……考えごとを？」

「オ、オレだって考えごとくらいするっすよ。そりゃ頭は良くねーけど」

「何を考えているんですか？」

「それは……」

少し言い淀《よど》んだ典坐だが、一人で考えても埒《らち》が明かない。

今師匠はそばにいないし、結局聞いてみることにした。

「士遠先生から一本取る方法？」

「どうしても今日中に一本取りたいんすよ」

「随分と急ですね。何か理由でも？」

「べ、別に……」

道場を辞めるため、とは言えないか。

佐切はしばらく考えた後、拳をぐっと握ってみせた。

「それはやはり鍛錬しかないでしょう」

「真面目っすか」

思わず突っこんだ典坐は、肩を落として溜め息をつく。

「正攻法じゃ無理だから悩んでるんじゃないっすか」

「そうでしょうか」

「え？」

顔を上げると、佐切は当たり前のように言った。

「士遠先生は常々、典坐殿には才覚と可能性があると言っていました。一直線なところが典坐殿の良い部分でもありますし、変に考えすぎず真面目に修行すれば、典坐殿なら必ず一本取れますよ」

——また可能性かよ。

クズ。ろくでなし。ごく潰し。世間からずっとそんな風に後ろ指を差されて生きてきたのだ。今さら取ってつけたように言われても、信じることなどできるはずがない。

——ねえよ、可能性なんて……。

やはり相談など無意味だった。自分でなんとかするしかない。

かくなる上は──

深夜。

稽古やお役目が終われば、多くの門弟たちは各自の家へと帰るが、宿なしの典坐は、師匠の住居に居候をしていた。

ひっそりと静まった家の廊下を、そろそろと移動する影がある。

足音を立てないよう注意を払いながら、典坐は士遠の寝所の前で腰を落とした。

闇討ち。それが典坐の選んだ手段だった。

睡眠中に攻撃を受けて防げる人間はいない。武士道とやらには反するかもしれないが、どんな状況でもいいと言ったのは師匠なのだ。

息を殺しながら、ゆっくりと襖《ふすま》を開ける。これまで師匠の部屋に入ったことはなかったが、見る限り簡素な畳敷きの造りのようだ。

暗闇の向こうから、静かな寝息が聞こえてくる。標的は布団で寝入っているようだ。

竹刀を片手にすり足で部屋へと侵入した時、床の間に何かが置いてあるのに気づいた。

──位牌《いはい》？

それは簡素な木造の位牌だった。彫られた文字は読めないし、師匠の部屋にどうしてそんなものがあるのか不思議に思ったが、典坐はすぐに首を振った。

今そんなことはどうでもいい。大事なのは標的から一本を取ることだ。

典坐は気配を消して、士遠の枕元へと歩み寄る。

呼吸で布団がゆっくりと上下している。典坐は息を止めて、大きく竹刀を振りかぶった。

――悪く思うなよ、センセー。

今度こそ確実だ。典坐は士遠の額を目掛け、真っすぐに竹刀を振り下ろした。が――

「お前の夜這《よば》いは歓迎せんな」

「――!」

師匠がふいに言葉を発し、竹刀は空の布団を叩いた。脇から転がり出た士遠は、典坐の竹刀を素早く奪い取り、反転しながらその脛《すね》を打ち抜く。

「いってぇえっ」

顔を歪《ゆが》めて座りこむ典坐に対して、士遠は飄々《ひょうひょう》とした様子だ。

「視界に頼る人間には暗闇や死角からの攻撃が有効だが、生憎《あいにく》私はそうじゃない。いい加減小細工は通用しないことがわかっただろう」

そろそろ真正面から向かってこい、と言っているのだ。

それをわからせるために、どんな状況でも攻撃可能という条件を出した訳か。

——くそ……。

こうして最後の機会も、敢《あ》え無《な》く失敗に終わった。

結局、翌早朝になり、士遠は典坐に「留守を頼む」と申しつけて外出してしまった。強引に弟子入りさせられてから、これまで一度たりとも一本を取ることができないでいる。

師匠が帰ってくるのは七日後。

だから——典坐に残された手段は、もう一つだけだった。


——悪いな、センセー……。

早朝、士遠が家を後にして間もなくのこと。

戸締りを終えた典坐は、辺りの様子を確認しながら、早足で師匠の家から離れようとしていた。朝稽古に向かう訳ではない。足の向かう先は、道場と反対側の道だ。

脱走。

多少の後ろめたさはあるが、士遠が留守にした隙に逃げ出すのが最後の手段だった。

このままでは、いつになったら一本取れるかわからない。むしろ、士遠は苦闘する典坐の様を楽しんでいるような気すら最近してきている。これは辞めると言った自分への嫌がらせなのではないか。

だとしたら、これ以上付き合ってやる義理などない。

一刻も早く、変人ばかりが集う道場の、がんじがらめの生活から抜け出すのだ。

しかし、勇んで進めた足は、最初の曲がり角で止まった。

「どこに行く気だ。道場は反対側だぞ」

「衛善さん……！」

背後からの声に振り返ると、そこには左眼に眼帯をした男が腕を組んで立っていた。

——待ち伏せされていた？

典坐はぐっと唇を噛んだ。

「センセーに頼まれて、オレを見張りにやってきたのかよ？」

「考えすぎだ。朝の散歩中に偶然通りがかっただけだ」

衛善はどこまで本気かわからない調子で言って、ゆらりと一歩踏み出した。

「ただ、お前と士遠が約束をしたのは聞いたぞ。一本を取ったらここを辞めると。お前は一本取ったのか？」

「いや……」

「男が一度口にした約束を反故《ほご》にする気か。それでも侍か」

「侍になりたかった訳じゃねえ」

「ならばお前は、何を目指している」

「それは……」

すぐに答えられない自分に典坐は気づいた。

未来というものを、具体的に想像したことがなかったからだ。

いずれ野垂れ死ぬだけの人生に、そんなものがあると思っていなかった。

「オレを……連れ戻す気か？」

てっきりそのつもりかと思ったが、衛善は軽く首をひねっただけだ。

「好きにするがいいさ。私は士遠と違って、意欲のない者を必死に留《とど》めるほど暇じゃない」

「……じゃあ、そうさせてもらいます」

「だが、最後に散歩くらい付き合え。早起きするとやることがなくてな。最近は散歩が趣味なんだ」

相変わらずジジ臭い話題だが、どこまで本気かよくわからない。

しかし、この状況で断る訳にもいかず、典坐は黙って衛善の後に続くことにした。

路傍の花を愛《め》でながら、衛善は機嫌良さそうに朝の散歩を続けている。用心しながら付いていくと、衛善が入ったのは前に士遠と来た寺院だった。

「……？」

朝靄《あさもや》の立ちこめる境内で、砂利の音を響かせながら、衛善は奥の墓場へと典坐を連れて行った。辿《たど》り着いたのは、端にある小さな墓だ。

前に来た時に、士遠が手を合わせていたのを覚えている。

「……どういうつもりっすか」

「何、散歩ついでに墓参りをな。お前はこれが誰の墓か知っているか？」

「そんなん知る訳ないでしょ」

「そうか、士遠は言っていないようだな」

衛善は、墓に彫られた文字を眺めてこう続けた。

「ここに眠るのは、鉄心《てつしん》という名で、かつての士遠の弟弟子だった男だ」

「弟弟子……？」

「もう随分前のことだがな。お前に似て、とにかく素行が悪い奴だった。半《なか》ば親に勘当されるような形で山田家の門をくぐった。それで士遠が指導役を務めることになった」

「………」

何が言いたいかわからず、典坐は怪訝《けげん》な表情で、衛善の横顔を見つめた。

「才能は間違いなくあったが、如何《いかん》せんやる気というか、著しく意欲に欠けるところがあってな。道場での生活を堅苦しく感じていたようだ。その辺りも、お前みたいな奴だ」

「じゃあ、随分とセンセーにしごかれたでしょ。オレみたいに」

するとと衛善は首を横に振った。

「当時の士遠はどちらかというと自分の技術を上げることに執心していてな。今ほど弟子の指導に熱心ではなかった。士遠も鉄心の才能は認めていたし、素行は悪いものの憎めない奴で二人の仲は決して悪くなかったが、修行嫌いはどうしようもないと諦めていたな」

「へえ」

「結局、鉄心は好きに生きるという捨て台詞を残して道場を逃げ出した。それこそ、今のお前のようにな」

「……何が言いたいんすか」

わざわざこんなところまで連れてきた意味がわからない。

典坐が尋ねると、衛善は顔を墓石に向けたまま続けた。

「鉄心は手のつけられない乱暴者だったが、いざいなくなってみると、あいつの悪態も懐かしく感じられたな。とは言え、しばらくは何も変わらない日々が続いた。我らは腕を磨き、御様御用をこなす。いつも通りの日々だ」

「………」

淡々とした衛善の口調に、典坐はなぜかざらりとした嫌な感覚を覚えた。

「その日もいつもと同じように士遠は御様御用に出かけた。死罪人の罪は窃盗・殺人。所謂《いわゆる》押し入り強盗というやつだ。これもよくある話だ。士遠は仕事を果たすため、いつものように口縄をつけられ、紙で顔を覆われた罪人の脇に立った。しかし、振り上げた刀を、士遠はなかなか打ち降ろさなかった」

「まさか……」

ふいに訪れた予感に、とくんとくんと鼓動が速まるのを感じる。

「ああ、相手の佇《たたず》まい、雰囲気から士遠は気づいたんだ。目の前の罪人が鉄心だとな」

「……！」

半ば予想された、しかし衝撃的な答えに、典坐は無意識に自身の胸を押さえた。

本堂から朝の読経がしめやかに響き始める。

「鉄心は道場を逃げ出した後、あちこちを放浪していたようだ。しかし、いつまでもそんな暮らしは続かん。やがて食うに困って民家に押し入り、抵抗した相手をはずみで殺してしまった。そのつもりはなかったかもしれんが、あいつは腕っぷしが強かったし、打ち所が悪ければ充分に相手を死に至らしめるくらいの力はあった」

典坐はごくりと喉を鳴らした。

「センセーは結局……どうしたんすか？」

「無論斬ったさ。山田浅ェ門の刀は時代が振り下ろす刀。個人の感情で処刑を思い留《とど》まるなどあってはならない」

「…………」

沈黙する典坐に、衛善はぽつりと言った。

「鉄心は少しも抵抗しなかったそうだ。士遠が鉄心に気づいたように、鉄心も士遠に気づいたんだろう。打ち首を言い渡された以上、山田浅ェ門の誰かが斬首《ざんしゅ》にやってくることは想像できた訳だしな。口縄をはめられてはいたが、士遠ははっきりと鉄心の最期の言葉を聞いた」

「な、なんて……」

「あいつはこう言ったんだと。――先生、ごめんなさい、と」

「…………」

典坐は何と言っていいのかわからなかった。

ただ、言葉にできない感情が胸の中で渦を巻いていた。

「自業自得と言えばそれまでだが、あの時の士遠の様子は見ていられなかったな。鉄心には確かな才能と可能性があった。なのに、士遠はその可能性を、摘み取ってしまったと激しく悔いていた。あいつが弟弟子の指導に熱を入れ、人助けをするようになったのはそれからだ」

「そんなことが……」

墓に手を合わせていた師匠の背中と、部屋にひっそりと安置されていた位牌を典坐は思い出す。

「センセーは……センセーは、オレを……」

「無頼者《ぶらいもの》として生きれば、いずれ鉄心のような末路を辿るかもしれん。お前の才能はそうやって潰れていくには惜しいと感じたのだろう。だが、出て行くという奴を止められはせん。だから、士遠は条件を出した」

「センセーから……一本を取る」

衛善は首を縦に振った。

「士遠から一本を取れるくらいの実力があれば、いざとなれば剣の道で身を立てることもできるだろう。お前が道場を辞めても、食っていく道を拓《ひら》くことができる」

ああ、と典坐は呻いた。

嫌がらせなどではなかったのだ。あろうはずがなかったのだ。

日頃の厳しい修行も。

困難な条件も。

昔の仲間たちと揉《も》めて、殺すぞと相手を脅した時、士遠は本気で怒っていた。

それらは全て――

「どうする？　お前は一本も取らずに逃げ出すのか？」

衛善の問いに、典坐は立ちすくんだまま、両の拳を痛いほど握りしめた。

「オレは、オレは――……」


七日後。

スズメのさえずる朝に、用事を終えた士遠が、山田家の道場に戻ってきた。

門をくぐるなり、その前に立ちはだかる影があった。

「典坐か」

「センセー、立ち合い稽古をしてくれ」

竹刀を握った典坐は、真っすぐに士遠を見て言った。

まるで戦場から帰ったように、その体には幾つもの生傷が刻まれている。

「おい、典坐。センセイは長旅で疲れてんだぞ」

後ろから期聖が言うが、士遠は少し口の端を上げて答えた。

「構わんよ」

荷物を下ろし、道着に着替えた師匠と、典坐は道場で向かい合う。

互いに礼をして、竹刀の先を軽く合わせると、すぐに戦いが開始した。

「はっ！」

踏みこみとともに典坐は得物を一閃。それを受けた士遠が、素早く打ち返す。

咄嗟に一歩下がった典坐は、師匠の一振りをかわし、再度打ちこむ。

二人の竹刀が幾度も交わり、衝撃音が道場に立て続けに響いた。

「ほう」

士遠が短く息を吐く。

――さぼってはいなかったようだな。

言葉はなかったが、そう聞こえた気がした。いや、言葉などいらない。その打ち筋が、その一撃が、その踏みこみが、全てを雄弁に語っているのだから。

――ああ、真面目にやったさ。人生で一番真面目に。

想いを乗せて、典坐は士遠に打ちこむ。
衛善から師匠の昔の弟弟子の話を聞いた後、典坐の中で何かが変わった。
居ても立ってもいられなくなり、すぐに道場に戻って、素振りを開始した。
そして、兄弟子たちに頭を下げて教えを請うた。
衛善は正しい型を丁寧に教えてくれた。
面倒臭いと言いながら、期聖が立ち合いの相手をしてくれた。
源嗣の力業、佐切の技術は、戦いの幅を広げるのに大いに参考になった。
仙汰は剣術の理論を説明してくれ、付知は人体の構造を教えてくれた。
十禾《じつか》の遊郭の誘いは断ったが、その後は渋々修行につきあってくれた。
変人ばかりだと、どこかで斜めに見ていた彼らは、例外なく剣の達人だった。
「だが、まだ脇が甘いぞ」
それでも師匠との実力差は歴然としてある。
一瞬の隙をつかれ、脳天に鋭い一撃をお見舞いされた。
「もう一回っ！」
しかし、典坐は諦めない。
すぐに一礼をすると、体勢を立て直して士遠に向かっていく。

打ち、流され、薙いで、受けられ、返す刀で胴を突かれる。

呻く時間はほんのわずか、すぐに立ち合いを再開する。

何度も。

何度でも。

だが、そのたびに士遠の鋭い剣技が典坐を容赦なく打ち据えた。

もうどれくらいやられただろうか。激しく息が上がり、肩が大きく上下する。これまでならとっくに諦めて、床に大の字に寝転がっていたはず。

それでも典坐は立ち向かっていく。

「まだまだぁ！」

腹が減れば奪う。気に入らなければ殴る。

これまでの人生、その時々で、気の向くまま風の向くまま、好きなように生きてきた。

しかし、ふらふらと漂っていた意志は、たった今明確な焦点を結んでいる。

——一本を……一本を取りたい。

ほんの少し先の、しかし、はっきりとした未来の目標を典坐は心に抱いた。

——この人から、一本を取りたいんだ。

クズ。ろくでなし。ごく潰し。

ずっとそう言われて生きてきた自分の、可能性を初めて信じてくれた人から。
そして、信じ続けてくれた人から。
小細工を弄するのではなく、正面から挑んで認められたい。
――なあ、センセー。オレは――。
無数に交錯する竹の刃。
激しく交わる鮮烈な一振り一振りが、千の言葉を交わすよりも濃い想いを伝え届ける。
――オレは……オレの可能性を、信じてもいいのかな……？
身分もない。金もない。宿もない。
可能性なんてない。
これまでずっと、そうやって何かのせいにしてきた。
だけど、誰よりも自分の可能性を信じていなかったのは、自分自身だったのだ。
――こんなオレでも、未来を願っていいのかな……？
この道場で、
仲間とともに腕を磨き、
時に厳しく、激しく、それでも笑い合って、
そんな未来を、自分も思い描いていいのだろうか。

そして、いつか師匠が言ったように——……

——オレにも……オレにも、守りたい人ができるのかな……？

そのための技を、
そのための心を、
そのための強さを、
自分は手に入れられるのだろうか。

汗にまみれた典坐の頬を、一筋の熱い滴が流れ落ちる。

滲《にじ》む視界の中で、士遠がほんの少し笑った気がした。

直後、ふいに世界がゆっくりと動いて見えた。

気力、体力、技術の限界を超えた先にふと訪れた一瞬の閃《ひらめ》きが、典坐に寸刻先の未来を予感させる。

面がくる——

「小手ぇっ！」

パシィと細く高い音が、道場に響きわたった。

士遠の振り上げた手首を、典坐の竹刀の先がしっかりと捉えていた。

辺りは時が止まったかのような静寂に包まれる。

無我夢中だった。打った典坐すら何が起きたのかわからず、しばらく呆然《ぼうぜん》としていた。

そして、恐る恐る呟いた。

「取った……？」

見守っていた兄弟子たちの笑顔で、ようやく実感が伴ってくる。

取った。自分は、遂にこの人から――

「おっしゃあぁぁぁっ！　一本、取ったぞぉぉぉーっ！」

両手を天井に突き上げて、雄叫びを上げる。

「道場で騒がない」

「あたっ」

師匠に竹刀の先で小突かれて、典坐は額を押さえた。

「だが……見事だった」

士遠は少しだけ表情を緩め、しかし、すぐに口元を引き締めて言った。

「合格だ。後は好きにしなさい」

「…………」

一本を取れば辞めることを認める。

その条件のことは道場の兄弟子たちも知っていた。

彼らが固唾《かたず》を飲んで見守る中、典坐は黙って道場の板の間に腰を下ろした。

真正面から師匠を見据えて、おもむろに口を開く。

「センセー」

もう、心は決まっていた。

伝える言葉はわかっていた。

「これからも……これからもオレに剣を教え……あ、いやっ」

そこで気づいたように居住まいを正すと、典坐は床に手をついて頭を下げた。

「先生っ！　これからも自分に剣を教えてくださいっす！」

今日一番の大声が道場に響き渡り、そして——

「勿論だ」

士遠は何かを嚙みしめるように、ゆっくりと首を縦に振った。

過去を思い返すように、しばし虚空に顔を向け、再び典坐に向き直る。

「だが、厳しい道だぞ」

「望むところっす。もう中途半端に辞めるなんてできないっす」

典坐は勢いよく答えて、にやりと笑った。

「だって、先生にはたくさん目をかけてもらいましたから」

「……どうやらもう一本取られたようだ」

士遠が口元を綻《ほころ》ばせ、道場に小さな笑い声が起こる。

春の香りを乗せた風が、開け放った扉を通り過ぎていった。

「ほう……」

縁側に目をやった衛善がふいに声を漏らす。

「どうしたのですか、衛善殿？」

隣に立っていた佐切が尋ねると、衛善は笑みを浮かべて答えた。

「いや、しっかり咲いたじゃないか」

庭に並ぶ桜の木。硬い蕾に覆われていた最後の一本が、柔らかな朝陽に包まれて、見事な花を咲かせていた。

終　幕

時間の砂はゆっくりと、しかし確実に流れ落ちる。

黒一色に覆われていた神仙郷《しんせんきょう》の空が、少しずつ白み始め、心地よく漂う思考に身を委ねていた山田《やまだ》浅ェ《あさえ》門《もん》たちの意識も、それとともに鮮明さを帯びていく。

——必ず任務をやり遂げましょう、画眉丸《がびまる》。

森の中で、山田家当主の娘は、抜け忍の願いの強さと自身の覚悟を確認し、

——兄さん。ついていきますよ。これまでと同じように。

繁みの奥で、二人《ふたり》兄弟の弟は、ずっと変わらないものを見つめ、

——僕はどうしてしまったんだろうか……。

大木の空洞《うろ》で、かつて画家を志した男は、くの一に抱いた興味と戸惑いを胸に秘め、

——守りたい者……。それが今っすよね、先生。

海沿いの砂浜で、熱き心の青年は、山の民《サンカ》の少女の熱を握った手の平で確認した。

うたかたの夢は早天の薄い陽射しに溶けて消え、悪夢を越える現実が、再び彼らの前に舞い降りる。

今、神仙郷、二日目の朝が始まる——